マキノノゾミ
I
東京原子核クラブ

NOZOMI MAKINO

早川書房

6332

目次

マキノノゾミI　東京原子核クラブ

東京原子核クラブ

日本の青春の物語

（『東京原子核クラブ』初演時のパンフレットより）

ある時、図書館で何気なく『朝永振一郎《ともながしんいちろう》著作集』というのを読んでいたら、そこに、この世界的に偉大な物理学者の若い日の思い出話が出てきたんです。それは、昭和七年に京都から理化学研究所の仁科芳雄《にしなよしお》研究室にやって来て、本郷の「旅館御下宿平和館」に暮らしていた頃の話です。その頃世界的な興奮とともに刻々と新しくなっていった量子物理学の話と、その興奮の真っ只中《まただなか》にいた仁科研究室の様子、はたまた初めての下宿生活で覚えたお酒や新劇のことなど、その生活ぶりがずいぶんと楽しそうに書かれてあるんですね。それはもちろん今回のお芝居とは大いに違って、もっと真面目で節度あるちゃんとしたものなんですけど、それにしても、朝永博士は、生涯を通じてずいぶん繰り返しその思い出を綴《つづ》っているんです。つまり、ノーベル賞を取った戦後の偉大な業績にまつわる話などではなく、このいわば無名時代の思い出話こそを終生楽しそうに語っておられるのです。そのことに僕は少しジーンとしてしまいました。誰にとっても、多かれ少なかれ、青春とはそういうふうに無条件で懐かしく楽しく思えるものなのかも知れません。

けれどもうひとつ、その青春時代が、昭和の十年前後であるということに僕の興味は引きつけられたのです。それは——実は、昨年に戦後五十年を記念して封切られた戦争映画のほとんどが駄作だったことに愕然《がくぜん》として、昭和の日本人にとって（もっと狭く言えば、その頃に青春の日々を送った人たちにとって）戦争という大きな悲劇がどうしようもなく避けがたいものであったということが、僕たちの世代にはどんどん想像しにくくなっているんじゃないかと感じていたところだったからです。

そこで、「おい、それって少しマズイんじゃないかい？」という思いを込めて、このお芝居を書きました。つまり、最高のキャストとスタッフに集まってもらって、あのどうしようもなかった時代の日本の青春の物語を作ろうと思ったのです。そうすることで、やっぱりどうしようもないこの僕たちの時代と向き合おうと。

――などと立派なことを言う割りに、相変わらず肝心の芝居は大スチャラカなところが、言ってみれば、数少ない僕の演劇的長所です。

【登場人物】（登場順）

友田晋一郎　少壮の物理学者。理化学研究所に勤務する。『平和館』の住人。
橋場大吉　東大野球部員。『平和館』の住人。
早坂一平　ダンスホールのピアノ弾き。『平和館』の住人。
大久保桐子　下宿『平和館』の娘。
箕面富佐子　『平和館』の住人。
武山真先　友田の同僚。『平和館』の住人。
大久保彦次郎　下宿『平和館』主人。
谷川清彦　新劇青年。『平和館』の住人。
小森敬文　友田の同僚。『平和館』の住人。
狩野良介　海軍中尉。武山の友人。
西田義雄　理化学研究所主任研究員。友田晋一郎たちの師。
林田清太郎　東大野球部員。

【時と場所】

第一幕　一場　昭和七年、七月

二場　昭和八年、十月

三場　昭和九年、五月

四場　昭和十年、九月

第二幕　一場　昭和十五年、十月

二場　昭和十七年、三月

三場　【朝】

【昼】

【夕暮れ】

【夜】

四場　昭和二十一年、夏

東京の本郷上富士前町にある下宿屋『平和館』

第一幕

一場

昭和七年、七月。

東京、本郷上富士前町にある下宿屋『平和館』[※1]。

二階建てであり、部屋は一階に三つ、二階に四つのあわせて七部屋。階段を降りて、一階上手《かみて》には便所と流し場などがあり、下手《しもて》は大家である大久保父《おや》娘《こ》の住んでいる母屋へと通じている。玄関口は舞台正面の奥にあるが、客席からは見えない。この玄関からまっすぐに来た場所が、下宿の庭に面してサンルームも兼ねている談話室といったところ。

粗末なソファーとテーブル、壁際には形の揃わぬ椅子が数脚。

とにかく、昼間は、きわめて日当たりのよい場所である。

今は午前十時を過ぎた頃か。うなるほどの蟬時雨《せみしぐれ》に混じって、階下の部屋の一つから、静かにピアノの音が聞こえている。ドビュッシーの練習曲らしい。※2

——と、二階の一部屋から旅行鞄をさげた友田晋一郎が出て来る。

友田、やや意気消沈の体《てい》で、ゆっくりと扉を閉め、扉の横に架かっていた表札がわりの名札を外してポケットに仕舞い込み、そして振り返る。——と、

階上の一部屋から野球のユニフォーム姿の橋場大吉が出て来て、友田に気づき、帽子を取って会釈すると、元気よく外へ飛び出してゆく。

友田が階下に降りると、ピアノの音が止み、ステテコ姿の早坂一平が出て来て、鉢合わせの格好となる。

友田　あ。

早坂　ん？

友田　（笑って）その……ピアノ、お上手ですね。

——短い間。

早坂　（笑わずに）おおきに。（便所に入る）

　　　　——間。

　　　友田、鞄を下ろして、しばし、そこに立ったままでいる。

　　　——と、母屋から洗濯物の入った盥《たらい》を抱えた大久保桐子が出て来る。

桐子　あら。

友田　どうも。

桐子　もう行っておしまいになるの？

友田　ええ、十一時の汽車で。

桐子　そうですか。暑い盛りだから京都までは大変ね。

友田　はい。

桐子　道中、どうぞ、お気をつけになって。

友田　ありがとう。

　　　——と、早坂が便所から出る。

桐子　早坂さん。
早坂　何や、部屋代か？
桐子　先々月からまだなんですけど。
早坂　（腹巻から無造作に札束を取り出して）来月の分まで払《はろ》うといたろ。
桐子　（冷たく）景気いいんですね。
早坂　その代わり、晩飯はもう少しマシなもんにしてや。
桐子　これでも精一杯なんです。
早坂　（もう一枚札を渡して）天ぷらがええわ。
桐子　（その金を返して）そんなら外でお食べなさい。誰が博打《ばくち》で稼いだお金なんかで。
早坂　（さして気分を害したふうでもなく、返された金を腹巻に仕舞う）
友田　……
早坂　（友田に）大勝ちした朝は気分がええさかい、ドビュッシーや。
友田　……早坂さん、関西はどちらですか？
早坂　門真《かどま》。大阪の。
友田　（笑って）僕は京都なんです。生まれはこっちなんですが、育ったのはずっと向こうでして。

早坂　……

友田　だから、早坂さんの関西弁聞くと、何だか懐かしいなって。

早坂　（笑わずに）さよか。（自室に引っ込む）

友田　……

——短い間。

再び、ピアノの音が聞こえ始める。

桐子　あの、荷物はどうします？

友田　残っているのは本ばかりですから、後でチッキで送って下されば。

桐子　はい。

友田　お手数をおかけして、すみません。

桐子　でも……本当にやめてしまわれるんですか、理研の方《ほう》。

友田　……

桐子　何だか、もったいない気がするな。入りたくてもなかなか入れないじゃありませんか、理化学研究所には。

友田　そうですけど……僕には、やっぱりついていけそうにありませんから。
桐子　そんなこと。たったの三ヵ月ばかりで？
友田　毎週毎週、研究室や年功序列の枠を超えた輪講会というのがありましてね。そこでは物理学上のあらゆる問題についてみんなで自由に議論し合うんですが、僕なんてまるで相手にもされない。たまに意見など言うてみても、たちどころにペシャンコにやられちまいます。
桐子　でも、友田さんだって京都大学を優秀な成績で出てらっしゃるんでしょう？
友田　井の中の蛙《かわず》いうやつですよ。正直言うて、こちらに来てからは驚かされることばかりでした。世界の物理学は、今、どんどん新しくなっています。原子とか分子とかを対象にしてたこれまでの原子物理学が、いよいよその先の、つまり原子核の中に踏み込んでいこうとしているんです。日本の、それも京都やなんて田舎で少しばかり秀才やったくらいでは、とてもやないけど歯が立ちそうにもありませんわ。
桐子　……
友田　向こうで教師にでもなろうかと思うてます。[※3]

——短い間。

友田　桐子さんは化学の方でしたよね？
桐子　ええ。
友田　（笑って）じゃ、僕の代わりに桐子さんが理研に入ればいい。
桐子　（少々怒ったふうに）※4停留所までお送りします。
友田　（恐縮）見送りにはおよびません。
桐子　ガロアを散歩に連れていかなくちゃいけないから、そのついでに。
友田　そうですか。
桐子　二、三分、待っていていただけます？　これ、干してきますから。
友田　はい。

桐子、盥を抱えて退場。

——間。

友田、古い肘掛け椅子に腰を下ろし、文庫本などを読み始める。

——と、階下のまた別の部屋から、同じく旅行鞄をさげた箕面《みのお》富佐子が出て来て、友田同様自分の名札を外して鞄に仕舞う。富佐子、鞄を置くと、まるで狙いすましたかのように友田の正面の椅子に腰掛ける。

友田　（少々驚くが、会釈をする）
富佐子　（煙草をくわえて）マッチ。
友田　え？
富佐子　マッチ持ってる？
友田　すみません、煙草のまへんのです。
富佐子　そう。（自分のマッチを取り出す）
友田　……（驚いて、それを見る）
富佐子　（マッチを差し出して）つけて。
友田　は？
富佐子　あなたがつけて。
友田　……でも。
富佐子　いいから、つけて。
友田　……はい。（マッチを擦《す》る）

友田の擦ったマッチに顔を近づけて煙草に火をつける富佐子。
まるで映画の一場面のように見える。[※5]（この場での富佐子は、全体に、やや
芝居がかっている）

富佐子　……ありがとう。
友田　いいえ。
富佐子　（うまそうに煙草を吸いつつ）……誰かにつけてもらいたかったの。最後に吸う煙草の火くらい。
友田　……
富佐子　誰かに少しだけ優しくしてもらってから、この街を出て行きたかったの。
友田　……出て行かはるんですか？
富佐子　ええ、出て行くの。このアパートから。この街から。この東京から。（くわえ煙草のまま立ち上がると、早坂の部屋まで行き、そのドアをノックする）

ピアノの音、止む。

富佐子　ねえ、『別れの曲』っていうの、弾いて。（と、一円札を取り出し、早坂の部屋の前に出されていた牛乳瓶の中にねじ込む）

友田、少々ビクつきながら富佐子の行動を見ている。

——と、ピアノの音、ショパンの『別れの曲』に変わる。[※6]

富佐子　学生さん？
友田　（あわてて目をそらしながら）いいえ。
富佐子　ごめんなさい、そんなふうに見えたもんだから。
友田　三カ月ばかり、この先の理化学研究所に。
富佐子　東京、楽しい？
友田　いえ、その。
富佐子　楽しいことには事欠かないわよ、この街は。
友田　はい。ですけど。
富佐子　レビュウ見たことある？
友田　いいえ。

富佐子　レビュウ、新劇、ダンスホール……あなた専門は？
友田　原子物理学です。
富佐子　それに原子物理学と。何でもあるのよ、この街には。
友田　はい。
富佐子　何でもあって……でも結局、何も手に入れられない街なの。
友田　……

——短い間。

富佐子　……レビュウで踊ってたの、一昨日の夜まで。でもね、若い子が入ってきてね、人気取られちゃったの。それでおしまい。……とっても簡単。
友田　……
富佐子　その子はね、舞台に出ても笑わないの。口なんかへの字に結んじゃってさ。うん、笑わないんじゃない。本当は笑えないだけ。踊りだって下手糞で。……でも、難しい顔した学生さんや偉い先生方は、それがいいって言うのよ。客に媚《こび》を売らないところがいいんですってさ。だから社長もその気になっちゃってね、明日からは踊り子は全員笑っちゃいかん、だなんて。それで……バカバカしくなって、やめちゃった。だってそうでしょ？　同じ仏頂面《ぶっちょうづら》なら若い子の方が良く見えるに決まってるもの。こっちは三年もこの仕事でおマンマ食べてきたんだからさ、それくらいの意地はあるわよ。続けるのは大変だけど、（笑って）おしまいにしちゃうのってホントあっけないくらいに簡単。

――間。

蟬時雨とピアノの音。

友田　おしまいにして……これからどうしはるんですか？

富佐子　（煙草を消して）田舎に帰って、代用教員にでもなるわ。こう見えてもね、女学校出てるのよ。

友田　……

富佐子　（歌うように）さようなら、『平和館』。さようなら、東京。さようなら、えーと……（友田を指さす）

友田　あ、友田です。友田晋一郎。

富佐子　さようなら、友田晋一郎さん。未来の……（考えて）偉大な原子物理学者。
友田　……

『別れの曲』が終わる。
……少しだけ、せつないような間がある。
富佐子、まるで幕が降りた後の踊り子のように、友田に軽く微笑んでみせると、鞄をさげてスタスタと歩き出す。

友田　あ、あの、実は僕も……（思わず富佐子を追いかけようと立ち上がる）

――と、早坂が顔を出し、牛乳瓶から一円札を取る。

早坂　（玄関の方を顎でしゃくってみせて）どや？
友田　え？
早坂　ビックリやろ？※7
友田　……ええ、少し。

早坂　(笑わずに) せやろ。(引っ込む)
友田　……(やや、呆然《ぼうぜん》)

——と、富佐子が二足の靴をぶら下げて戻って来る。

富佐子　(靴を見せて) ねえ、どっちがいい?
友田　(混乱) は?
富佐子　どっちの靴が似合うと思う?
友田　……どっちでも好きな方を履《は》かはったらええやないですか。
富佐子　選んで欲しいの。あなたが選んだ靴でこの街を出て行きたいの。

——短い間。

友田　(仕方なく) こっちの方がええと思いますけど。
富佐子　(ニッコリ) 私の気分もそうだったわ。

富佐子、玄関へと去る。
「さようなら、ガロア」という歌うような富佐子の声と、それに応えるような犬の鳴き声が聞こえて来る。

友田　……何やったん、あの人。

――と、桐子が戻って来る。

桐子　お待ち遠様。行きましょう。
友田　はい。
桐子　（晋一郎の鞄を持つ）
友田　あ、僕が持ちますから。
桐子　（友田に持たせない）
友田　自分で持ちますって。
桐子　（ピシャリと）私、本気で理化学研究所に入りたかったの。
友田　……

桐子　でも……女でしたから。

鞄をさげて、怒ったようにさっさと歩いてゆく桐子を慌《あわ》てて追いかける友田。
――と、玄関で犬の吠える声とともに武山真先の声がする。

武山の声　俺だよ、俺。吠えるなよ、この馬鹿犬ッ。
桐子の声　ガロア！
友田の声　武山さん。
武山の声　おお、友田。何だ、今から帰省か？
友田の声　ええ。武山さん、今、帰りですか？

――と、武山、ドスドスと入って来る。汚れた白衣姿。

武山　（入って来ると、流し台で顔をザブザブ洗いながら）そうだよ、お前たち理論屋と違って実験組は楽じゃないんだよ。西田のおやっさんがさ、もう少しねばってみろってうるさく言うんで、こっちは徹夜でガイガー計数管とニラメッコだよ。まったくあのオヤジは人使いの荒さにかけちゃ理研一だからな。
友田　（桐子と一緒に武山の後について戻って来て）ご苦労様でした。
武山　ご苦労なんてもんじゃないよ。おかげで昼と夜、逆さま。ねえ、桐子さん、今日の晩メシは何？
桐子　さっぱりとおソーメンにしてみました。
武山　みましたって、この一週間やたらにソーメンじゃないの。まァ、一応摂取しますんで時分どきになったら起こしてよ。
桐子　一応って何ですか、一応って。
武山　ちくしょう、それまでは死んだように眠ってやるぞ。※8（階段をのぼってゆく）
友田　武山さん、実は僕……
武山　（振り返って）ああ、そうだ、友田。先週、お前が輪講会で言ってた「宇宙線の本体は中性子じゃないか」っていうあの仮説な。
友田　え？　あ、……はい。
武山　西田のオヤジがひどく面白がってるぞ。だからうちの研究室、理論の方じゃ、とりあえずお前の仮説をもとにした宇宙線の透過吸収係数の計算やることになりそうだから。おっ母さんに顔見せて安心させてやるのもいいけどな、とにかく無茶苦茶忙しくなるから、早く帰って来いよ。

武山、それだけ言うと、さっさと階上の自室に引っ込む。

——間。

友田　……

桐子　良かったじゃありませんか。

友田　え？

桐子　良かったんでしょう？

友田　ああ……はい。

桐子　お部屋の荷物、そのままにしておきますからね。

友田　いや、それはちょっと……

桐子　（手を差し出す）

——短い間。

友田　（桐子の手に名札を返して）……ええ。そうして下さい。
桐子　（笑って）行きましょう。
友田　はい。

二人が玄関に去った。——と、思ったら……血相を変えた桐子が足音も荒く戻って来て、富佐子の部屋を激しくノックする。

友田　（慌てて追いかけて来て）どうしはったんですか？
桐子　（部屋の中を覗いて舌打ちする）富佐子さん、出てった？
友田　誰？
桐子　この部屋の人。
友田　ええ、ついさっき。
桐子　（小さく）やられたわ……
友田　（恐る恐る）何です？
桐子　あいつ、私の靴履いてったの！

富佐子を追うつもりなのか、バタバタと慌《あわ》ただしく飛び出してゆく桐子。
蟬時雨の中に、ポツンと取り残された感じの友田。

友田　（わけがわからず）え？　……ええ？

——と、早坂が顔を出して、

早坂　（笑わずに）ビックリやろ？

友田　……

——暗転。

二場

昭和八年、十月。

早坂の部屋から聞こえてくるジャズピアノ[※9]に混じって、母屋の方から桐子が夕餉《ゆうげ》の支度をする音が聞こえている『平和館』の夕暮れ時。談話室のテーブルに飾られた奇妙な活け花らしきもの[※10]を眺めながら、大家の大久保彦次郎がブツブツ言っている。

彦次郎　うーむ……（間）……何だい、こりゃ？　油虫よけのおまじないか何かかい？　どうもこの間から寝つきが良くないと思ったが、こいつのせいじゃないのかね？（母屋に）おおーい、桐子、桐子。

桐子の声　今、手が離せなーい。

彦次郎　何だってまたこんな妙チキリンな代物《しろもの》をここに祀《まつ》っとくんだい？

桐子の声　え？　なァに？

彦次郎　テーブルの上にある摩訶《まか》不思議な活け花らしきものですよ。

桐子の声　ああ、それ、活け花よ。

彦次郎　活け花？　これが？　（独言）悲しいねえ。だから言ったんだ。女だてらにバケ学なんぞかじるとロクなこたァないって。こういうモンを活け花と称するようになっちゃ女もおしまいだよ。こいつァ早いところ嫁にでも出しちまわないと大変なことに……

桐子の声　それ、友田さん。
彦次郎　ええ？
桐子の声　友田さんが活けたの。
彦次郎　友田さんが？　いったい何のうらみがあって？
桐子の声　先週、高尾山にハイキングに行って採ってきたんですって。
彦次郎　（独言）へえー、学者さんの考えるこたァわかんないね。

――と、「ただいま、ガロア」という声と、それに応える犬の声がして、ユニフォーム姿の橋場が帰って来る。

橋場　（開口一番）嬉しいなァ、今夜はライスカレーですね？
彦次郎　ああ、おかえり、橋場君。
橋場　（帽子を取って礼儀正しく）ただ今もどりました。
彦次郎　どうだい、ボチボチ正選手になれそうかい？
橋場　まだ二年生ですから、来年ぐらいにならないと。

彦次郎　試合に出る時は言っとくれよ。必ず応援に行くから。
橋場　ありがとうございます。
彦次郎　私だって本郷の生まれなんだ。生きてるうちに一度くらい東大が優勝するところが見たいやね。
橋場　はいッ、頑張ります。……あの、大家さん。
彦次郎　何だい？
橋場　よかったら、これからキャッチボールしませんか？
彦次郎　（笑って）駄目駄目、私は観る方専門。（——玄関に去って声のみ）さァ、ガロア、散歩に行きますよ。

嬉しそうな犬の鳴き声が遠ざかってゆく。[※11]
手持ち無沙汰《ぶさた》となった橋場は、しばし籐椅子に腰掛けたりしてみる。[※12]

橋場　（やがて立ち上がって）誰か僕と裏でキャッチボールやりませんかァ？

——と、階下の部屋の一つから、谷川清彦が顔を出す。

谷川　うるせえ、でけえ声を出すな！
橋場　……すみません。
谷川　（少々酔っている）こっちは誰かのくだらねえピアノを一日中聴かされて、ただでさえうんざりしてるんだ。これ以上俺の仕事を邪魔するやつァただじゃおかねえぞ！

ピアノの音、止む。

橋場　（帽子を取って頭を下げる）
谷川　まァ、ちょうどいいや、おい帝大生。
橋場　はいッ。
谷川　お前、ロシア語の辞書持ってるだろ。ちょっと貸してくれや。
橋場　……
谷川　酒の肴《さかな》にゴーリキーの『どん底』読んでたんだが、ちょいと原書に当たりてえ台《せ》詞《り》《ふ》があるんだよ。

橋場　……

谷川　持ってんだろ、帝大生なんだから。

橋場　それが、その……

谷川　何だよ、持ってねえのか？

橋場　専門が違うもんで。

谷川　専門て何だよ？

橋場　……文学です。

谷川　文学？　独文か、仏文か？

橋場　（小さく）エチオピア文学です。

谷川　何だァ？　エチオピアに文学なんてあるのか？[※13]

橋場　（ますます小さく）たぶん。

谷川　たぶんて何だよ。

橋場　まァ、たぶん、あるんじゃないかと……

谷川　フフ、この野郎、面白《おもしれ》えじゃねえかよ。

——と、早坂が出て来る。洒落た身なり。[※14]

早坂　今夜はライスカレーやな。
谷川　……
早坂　橋場君、わしとやろうか。
橋場　え？
早坂　キャッチボール。
橋場　はいッ。
早坂　晩メシ前の運動にゃちょうどええやろ。
橋場　はいッ。
早坂　（谷川に）なあ？

——短い間。

谷川　ふん。（引っ込む）
橋場　（早坂に小声で）ありがとうございます。
早坂　行こか。

橋場　はいッ。

　　二人、出て行く。――と、谷川が出て来る。

谷川　何でえ、あの野郎。（早坂のことが面白くない）

　　谷川、便所に入る。
　　――と、玄関から友田と小森敬文が何事か熱心に話しながら入って来る。

小森　じゃあ結局、俺らがやっとった陽電子の問題はベーテとハイトラーに先を越されてまったってことやないですか。

友田　まァ、今回のことはそうやけどな、逆に考えたら、俺たちも向こうと同じ時期に同じ問題に注目できとったわけやからな。

小森　そりゃ、そうですけど。

友田　これこそまさに、わが西田研究室はヨーロッパから郵便が届く二週間しか世界から遅れてないゆうことの格好の証明やないか。

小森　そりゃ僕だって、毎月新着の『フィジカル・レビュー』開くたびにワクワクはしますけどね。
友田　だろう？
小森　でも、何か悔しい気もするな。去年友田さんがやった中性子の計算やなんかも、ベーテとパイエルスのやったものとまったく同じものやったのに。友田さんの名前が世界の一流雑誌に載ってるのを見せれば、故郷《くに》のおふくろなんかきっと泣いて喜ぶと思うんやけどな。
友田　クサらないクサらない。とにかく、中性子の発見、陽電子の発見、重水素の発見と、今や世界の物理学界は沸《わ》き立っとる。俺たちだってその最前線におるわけやから。
小森　（笑って）武山さんたち実験組でも、早くコックロフトやウォルトンのような加速器を作って、原子核を壊してみたいって息巻いとりゃあすしね。
友田　そうだよ。
小森　そうですね。

――短い間。

友田　……原子核か。
小森　……ええ。
友田　いよいよだな。
小森　いよいよです。

二人、階段の途中で、しばし、感極まったように立ち止まる。※15
——が、何かに気づいて下へ降りて来る。

友田　……小森君。
小森　……はい。
友田　ライスカレーだな。
小森　ライスカレーです。

しばし間があって……二人、がっちりと握手する。

友田　（しみじみと）長かったもんなァ、メザシ。
小森　（しみじみ）二週間メザシは新記録でしたもんね。
友田　今夜もメザシやったら引っ越そう思うてたくらいや。
小森　同感です。
友田　せっかくやし。
小森　ええ。
友田　もう少し、ここで匂いかいでいこうか。
小森　はい。

二人、母屋の方に向いて、ジーンとして立っている。
——と、谷川が便所から出て来る。

谷川　何やってんだ、そんなとこで。
友田　あ、どうも。
小森　谷川さん、ライスカレーですよ。
谷川　らしいな。

小森　良かったですね。
谷川　良かった？　くだらねえ。俺は酒を呑む。
友田　今日も酒ですか？
谷川　他に何があるってんだよ？　お前たちみてえな太平楽と違って、こっちは酒でも
　呑まなきゃやっちゃいられねえからよ。
小森　でも……ライスカレーですよ[※16]。
谷川　そんなもん死んでも食わねえよ。いいか、男爵。
小森　男爵？
谷川　腹いっぱい食うことばかりにあくせくしやがる人間を俺は軽蔑する。
小森　はあ……
谷川　大切なのはそんなことじゃねえ。メシを食うだなんてこたァ何でもねえんだ。人
　間てなァもっと上等なものだ。ふくれた胃袋なんかよりずっと高尚なものなんだッ[※17]。
友田・小森　……
谷川　馬鹿野郎、何キョトンとしてやがんだ。『どん底』の台詞だよッ。
小森　ああ、なるほど。
谷川　なっちゃいねえな、まったく。（と、自室に戻りかけると）

友田　谷川さん。
谷川　あ？
友田　桐子さんから聞きましたけど……残念でしたね。
谷川　……
友田　どうか、お気を落とさずに、頑張って下さい。
谷川　簡単に言うな。
友田　……すみません。

谷川、引っ込む。

小森　（友田に）何があったんですか？
友田　谷川さんの書いたお芝居な、中止になってもうたんや。
小森　え？
友田　検閲で上演は駄目や言われたらしい。
小森　へえ……ははァ、それであんなふうに。
友田　うん。

谷川、検閲で真っ赤になった自作の台本と一升瓶を持って出て来る。

谷川　おい。
友田　はい。
谷川　（台本を差し出して）読んでみろ。
友田　（台本を受け取って開く）
小森　うわあ、真っ赤やね。
友田　……
谷川　三分の一以上が削除だ。これじゃどんな話だかさっぱりわからんだろうが。
小森　どんな話かわからなんだら、それは確かに弱りますね。
谷川　これで、どこをどう頑張れって言うんだよッ。素人が簡単に頑張れなんて言うな。
友田　……すみません。
谷川　（小さく）……ちくしょう。（椅子に掛けて、茶碗酒を呑み始める）

――短い間。

友田　（谷川の前に台本を置いて、小森に）行こうか。

小森　谷川さん。

谷川　あ？

小森　この間、田村町の「飛行館」で『おふくろ』という芝居を観ました。僕も友田さんも新劇観たんは初めてやったんで、ひどく感動しました。

谷川　（鼻で笑う）

小森　おふくろさんがおりまして……すんごい苦労しとるんです。母一人の家なんですが、長男は言うこと聞かんし、娘は女学生のくせに生意気やし、何というか、すんごい苦労しとるんです。そこに宗像夫人《むなかたさん》というのがおじゃって……

谷川　もういい。

小森　しかし、この宗像夫人の言い分を聞かんことには……

谷川　その台本なら雑誌で読んでる。

小森　あ（すみません）。それで、素人考えですけど……谷川さんもああいう芝居を書かれたらええんやないかと。

谷川　……

小森　ああいうええ話やったら、検閲官やてきっと泣きます。だから……
友田　（慌てて）小森君。
小森　何ですか。友田さんだって泣いたやないですか。
友田　（小声で）そりゃ泣いたけど、谷川さんのやってはるのは、また違うんや、きっと。
小森　でも同じ新劇でしょう？
友田　そら、そうやろうけど。
谷川　なっちゃいねえな。
友田　（小さく）みてみい。
小森　（谷川に）なっちゃおらんでしょうか？
谷川　まァ、いいわ。で……お前、その『おふくろ』って芝居観てどう思ったんだ？
小森　どうって……ああ、おふくろさんは大変やなあ、と。
谷川　ハ。
小森　（真剣）自分も、親孝行せにゃいかんなあ、と。
谷川　くだらねえ。作者の田中が聞いたら、お前、絞め殺されてるぞ。※18
小森　どうしてですか？

谷川　いいか。作家、芸術家ってのはなァ、高邁《こうまい》にして、世俗の塵《ちり》にまみれず孤高己《おのれ》を持してるもんなんだ。それが、そんな修身の教科書みてえな下世話なる実用的効用を生んだとなってみろ。俺だったら恥ずかしくて首をくくりたくなるね。

小森　（ムッとして）親孝行のどこがいかんのですか？

谷川　なっちゃいねえよ。お前たち科学者は何かと言ゃァこの実用的効用ってやつを振りかざすからな、だから観た後に親孝行したくなればいい芝居ってわけだ。だが、そんな評判をもらっちゃァ芸術家としておしまいだ。いいか、芝居はな、いつだって芝居のためだけにあるんだ。それ以外に何の役にだって立っちゃいけねえんだッ。

小森　わからんな、僕にはわからん。

友田　……

谷川　ところが検閲の検事はよ、この俺にもっと国威を高揚させるような芝居を書けと言いやがる。君等演劇人は我国の伝統的精神によって大衆を啓蒙し、もって大いに国家のお役に立つべしとぬかしやがる。

小森　国家の役には立たんでもええです。しかし親孝行の役にくらい立ってもええやないですか。

谷川　（小森の胸倉をつかみ）ふざけるなッ！　何かの役に立てようなんて芝居は本物

の芝居じゃねえんだッ！
小森　（ムキになって）そんなこと言わんとやって下さいよ、『おふくろ』みたいな芝居を。
友田　小森君、もうやめた方がええよ。
谷川　俺には出来ねえんだよッ。
小森　やれば出来ますよッ。
谷川　出来ねえもんは出来ねえんだよッ！　（小森をブン投げる）

友田が慌てて活け花と一升瓶を持ち上げると、小森がそのテーブルの上にドッと倒れる。

桐子の声　何やってるのッ？　何かモメてるのッ？
友田　（それに応えて）モメてないモメてない、全然モメてませんッ！
小森　（立ち上がって）何で出来んのですか？
谷川　……金がねえんだよ。
友田　お金？

小森　（意外）金……ですか？

――短い間。

谷川　……劇団の経理係が金持って逃げたんだよ。後に残ったのは借金だけよ。芝居打つどころじゃねえんだよ。（友田の手から一升瓶をもぎ取って）……酒でも呑まなきゃやってられねえだろうが。

谷川、再び茶碗酒を呑み出す。グングンと何杯も呑む。あきらかに無茶である。

友田、しばしそれを見ているが、思わず一升瓶を奪う。

谷川　何しやがんだ？
友田　……
谷川　おいッ。
友田　（ラッパ呑みする）

小森　（驚く）友田さんッ。
谷川　返せ！　俺の酒だぞッ。

谷川、千鳥足で立ち上がって友田から酒を取り返そうとするが、友田は逃げる。

谷川　おいッ、何なんだ、お前ッ。
友田　（逃げながら、ラッパ呑みしつつ）昨年アンダーソンによって発見[※19]された陽電子という粒子は宇宙線が物質を通過する時に作られるものなんですが……
谷川　ああ？
友田　そもそもこれに類する粒子の存在は、イギリスの天才的理論物理学者ディラックによって予言されておりまして、しかし、この陽電子がすなわちディラック粒子であるかどうかというのは、ディラックの理論に従って粒子発生の頻度を計算で求め、それが実験と合うかどうかを当たってみなければわからないわけで……
谷川　何の話だ、そりゃ？
友田　つまり、その陰陽電子の発生確率を求める計算というのが、この夏中の僕の仕事やったんですけど、これがまたえらいややこしい代物でして、毎日毎日計算しても全然先が見えなくて、それでも毎日毎日計算して、それで、今月やっとその計算がまとまったんです。

谷川　（追いかけながら）そうか、良かったじゃねえかよ。

友田　（逃げながら）ええ、我ながら大したもんやと内心大得意になってたんですけど……ところがですね、今月号の『フィジカル・レビュー』を読んだら、ベーテとハイトラーによって同じ論文がすでに発表されていたんです。つまり、先を越されてしまったわけです。つまりですね、自分のような非力なものが、いくら精魂かたむけて何かやってみても、結局それぐらいのことは、もっと偉い学者がどこかでやってしまうんです。

小森　……

友田　つまり、僕のような人間はおってもおらんくても、原子物理学の進歩に何の影響も与えないんと違うか。僕なんかこの世界に無用の人間なんやないかと。

谷川　何なんだよ、こいつ？

小森　友田さん、お酒呑んだの初めてなんです。

谷川　ええッ？

友田　でも……意味があろうがなかろうが、目の前の数式を馬車馬のように解くことしか僕に出来ることはないんです。悔しいです。悔しいけれど、それしかないんです。
小森　友田さん、俺も悔しいです。すっごく悔しいですッ。
谷川　(疲れはてて)何なんだよ、お前ら。何を言わんとしてるんだ。
小森　そうですよ、友田さん、何が言いたいんですか？

——短い間。

友田　だから、つまり……谷川さんもいろいろ大変やろうけど……負けないで頑張って下さいッ……って、ことかな？

——短い間。

谷川　だから、何でそうなるんだよ？
友田　(首を傾《かし》げて)何でそうなるんでしょう？
小森　(考えて)友田さん、論理的にはまったく破綻してますけど、俺は何とのうわかる気もします。
谷川　俺にはわからんよッ。
友田　だって、その。（空きっ腹に呑んだ酒のせいで頭がグラグラしているのだという弁解のゼスチャー）……あ、目が回る。
小森　大丈夫ですか？
谷川　何なんだよ、お前ら？

——と、表の方でクラクションの音。

一同　？
谷川　……何でえ、ありゃ？
友田　あれは、きっと自動車でしょう。
谷川　そんなこたァわかってるッ。
小森　誰かを迎えに来たんでしょうか？

——と、クラクションの音、もう一度、急《せ》かすように。

小森　見に行ってみます？
谷川　おう。

三人、玄関へ出る。

小森の声　うわあ、凄い車やないですか、あれ。
谷川の声　ロールスロイスのファントムってやつだな。[※20]
友田の声　詳しいですね、谷川さん。
谷川の声　実物見んのは初めてだけどな。

クラクションの音、もう一度。
――と、ゴージャスな装いの富佐子が鞄をさげて部屋から出て来ると、あの日のように名札を外し、優雅な足取りで玄関へ消える。

友田の声　富佐子さん。

富佐子の声　みなさん、短い間でしたけど、お世話になりました。
小森の声　出て行かれるんですか。
富佐子の声　ええ、私、結婚いたしますの。
三人の声　結婚？

クラクションの音。

富佐子の声　（応えて）今行くわ、あなた。あ、谷川さん。
谷川の声　はい。
富佐子の声　お金のことなら、相談に乗って差し上げてよ。
谷川の声　え？
富佐子の声　困ってらっしゃるのでしょう？
谷川の声　（興奮を抑えて）……本当ですか？
富佐子の声　ええ、主人は芸術には理解のある人だから。一度、お屋敷の方へ訪ねていらっしゃい。[※21]
谷川の声　はいッ。

富佐子の声　それではみなさん、ごきげんよう。
三人の声　さようならーッ。
　　――間。
　　自動車の走り去る音があって、三人が談話室に戻って来る。
小森　（谷川がもらった名刺を覗き込んで）谷中清水町の永滝元太郎って……あの横須賀の造船王じゃないですか？[※22]
友田　へえー。
谷川　ふん、玉《たま》の輿《こし》ってやつか。くだらねえな。（でも名刺はしっかり仕舞う）
友田　でも……良かったじゃないですか、谷川さん。
小森　これで『おふくろ』出来るじゃないですか。
谷川　『おふくろ』はやらねえよッ。（と言いつつも、顔はゆるんでしまう）
友田　あ、目が回る。（へたり込む）
小森　大丈夫ですか、友田さん。
谷川　馬鹿な呑み方しやがるからだ。

友田　いえ、そうやないんです。ただ……

　　　　――短い間。

　　　三人の腹の虫が鳴る。

小森　腹減りましたよね。

友田　減ったねえ。

谷川　……しようがねえな。

友田・小森　？

谷川　……ライスカレー、食ってやるか。

　　　――短い間があって、友田と小森の顔、嬉しそうに。

小森　ええ、食いましょう食いましょう。

　　　――と、その時、裏の方から「アホ、どこ投げとんねん！」という早坂の声。

　　続いて母屋の方でガチャンとガラスが割れ、何か物の壊れる音。桐子の悲鳴。

小森　……母屋の方ですね。

友田　うん。

　　——と、橋場と早坂が駆け込んで来る。

橋場　（大声で）すみませーん！

早坂　（怒っている）ドアホ、お前ほんまに野球部員かい。

　　一同、心配そうに母屋の方を窺《うかが》う。

　　——と、母屋から、カレーまみれになった桐子が、カレーまみれになったボールを持って出て来る。[※23]

一同　……

桐子　（一同に）……晩ご飯のおかず、メザシになりましたから。

一同、橋場を見る。いたたまれない橋場。

――暗転。

三場

昭和九年、五月。

気持ちのよい昼下がりの談話室に、海軍中尉の狩野《かのう》良介が座っている。※24 テーブルの上には、例によって友田が活けた奇妙な活け花が鎮座しており、早坂の部屋からは、軽快なジャズピアノが聞こえている。

狩野　……（不思議そうに活け花を見ている）

――と、母屋からくすねたビールを持って、武山が入って来る。

武山　ほれ、戦利品だ。（と、ビールの栓を抜く）
狩野　大丈夫なのか？
武山　なァに、家主はハタ持って神宮球場だ。わかりゃしないって。
狩野　相変わらず乱暴な男だな。じゃァ大家さんは野球見物か。
武山　東大のやる野球なんぞ応援するだけ無駄なんだがな、懲《こ》りない親娘《おやこ》だよ。

二人、快調にビールを呑み始める。※25

狩野　ピアノ。
武山　え？
狩野　誰だい？
武山　ああ、早坂って浪花《なにわ》の男でね。銀座のダンスホールのピアノ弾きなんだけど。
狩野　へえ。
武山　もしかしたら博打の方が本業なのかも知れん。まァ、いいご身分さ。
狩野　（笑って）そうか、俺もあやかりたいな。
武山　出世おめでとう。

狩野　うん？
武山　(階級章を指して) 桜、増えてるじゃないか。
狩野　(苦笑) ああ。
武山　中尉殿か。
狩野　兵学校出て、理科大を出て、ずいぶん遠回りな出世だがな。
武山　今は？
狩野　横須賀の海軍工廠《こうしょう》だ。まァ、技術将校ってやつだ。
武山　そうか、狩野も偉くなって良かった。
狩野　偉かないよ。お前の方こそ理研でバリバリやってるらしいじゃないか。
武山　駄目駄目、実験屋なんて純粋なる肉体労働者さ。俺なんて学生の頃よりも頭使ってないもん。
狩野　今はどんなことをやってる？
武山　ウィルソンの霧箱な、あれ使って陽電子のエネルギー・スペクトルを測定しようとしてるんだが、少々問題があってなあ。
狩野　ほう、どんな問題だ？
武山　電源だよ。西田のオヤジがまたバカみたいにでかい電磁石作らせたもんだから電流が足りないんだ。一度理研で動かしてみたら本郷中の電灯がみんな暗くなっちまって、近所から苦情が殺到したよ。

狩野　西田先生というのは、やっぱり凄い人かね？

武山　まァ、原子核物理に関しちゃ第一人者なんじゃないの。来年辺りからはサイクロトロンも作ろうって言ってるし。

狩野　サイクロトロン？

武山　原子核を破壊するために陽子を加速する装置だよ。

狩野　凄いな、原子核の研究はもうそんな段階まで来ているのか。

武山　うん。少し自慢するとだな、この勢いなら、日本でも今世紀中には核内エネルギーを解放出来ると思うね。

狩野　（これを聞いて思わず立ち上がる）

武山　うん？

狩野　武山ッ。

武山　何だよ、ビックリするじゃないかよ。

狩野　あ、すまん。（座って）……今世紀中と言ったな。

武山　ああ、たぶんな。（笑って）ひょっとすると、もっと早いかも知れん。

狩野　（考え込む）

――短い間。

武山　どうしたんだ？
狩野　……その原子核エネルギー、兵器に利用出来んかな？
武山　兵器？
狩野　たとえば……原子爆弾といったような……

ピアノの音、止む。

武山　原子爆弾か。ハハハ、出来たら凄いね。
狩野　無理か？
武山　（明るく）無理だろう。
狩野　……そうか。
武山　電流が足りないくらいだもんなあ。（笑って）とにかくまァ、日本じゃ無理だ。

出来るとすりゃアメリカかドイツが先だろうな。失敬、小便だ。（立ち上がる）

武山、便所に入る。狩野はしばらく思案の顔。
――と、燕尾服姿の早坂が出て来る。

早坂 （狩野に気づく）
狩野 （立ち上がって）武山君と理科大で同級だった狩野といいます。
早坂 そりゃ、どうも。
狩野 ピアノ演奏、たいへんお見事でした。
早坂 軍歌やのうて、すんまへん。
狩野 （笑って）先ほどの曲は、ホーギー・カーマイケルの『レイジー・リバー』ですね。※26
早坂 （意外）お詳しいですな。
狩野 二年ほどアメリカにおりましたので。
早坂 ああ。
狩野 すっかりジャズにかぶれちまいまして。

早坂　軍人さんがみなそないなふうやったら、国が滅びまっせ。
狩野　これは手厳しいな。
早坂　けど……それも楽しいやろね。
狩野　（笑う）

——と、武山が便所から出る。

武山　（早坂に）あれッ？　仕事に行くの？　珍しい。
早坂　近頃、負けがこんでるさかいな。
武山　（富佐子の名札がないのに気づいて）あれッ？　富佐子さん、また出て行ったの？
早坂　昨日《きのう》、夜逃げしたんや。
武山　（驚いて）夜逃げって、何で？　つい最近帰って来たばっかりじゃないのさ、手切れ金たっぷり持って。
早坂　その手切れ金増やそうとしてしくじったんやろ。
武山　しくじったって？

早坂　日本海海戦で沈んだロシアの軍艦にな、莫大な金貨が積んであったんや。で、その金貨は今なお船もろとも日本海の底に眠っとんねん。その軍艦の引き上げ費用として一口十円で五万株を募集しとってな、それに有り金全部注《そそ》ぎ込みよったんや。
武山　へえ、面白そうな話じゃないか。それで、配当は？
早坂　五十倍。
武山　凄いじゃないの。よし、俺もさっそく申し込もう。
狩野　詐欺だよ。
武山　え？
狩野　関係者が一昨日《おととい》逮捕されたばかりだ。
武山　関係者って？
早坂　銀座に「引き上げ会」の事務所があってな、そこの理事で沢村いう男以下六名や。
狩野　（笑って）だいいち、そんな話が本当なら、我が帝国海軍がほっとくもんか。
武山　あ、それもそうか。何だよ、富佐子さん、そんなのに引っかかったのか。馬鹿だねえ。（笑う）
早坂　さすがにもう二度とここへは戻って来《き》いへんやろな。
武山　ハハハ、しかし、何で引っかかるかなァ、そんな子供騙《だま》しに。

早坂　いやいや、ここだけの話、捕まった沢村いうのんが八十田《やそだ》海軍大将の実弟やいう触れ込みやったさかいな、ま、そうとう賢いもんでもあれやったら騙されるて。
武山　ふーん、詳しいんだね、早坂君。（気づいて）あれッ？
早坂　……
武山　最近、負けがこんでるって、もしかしたら……？
早坂　……（無言で出て行こうとする）
武山　（追いかけて早坂の顔を覗き込む）ねえ、もしかしたら……？

早坂、ずんずん歩いて出て行ってしまう。

武山　（狩野に）ハハハ、あいつもきっと引っかかったんだぜ。この下宿のやつは馬鹿ばっかりだよ、もう。
狩野　（武山を見て呆《あき》れ顔）

——と、犬の鳴き声が聞こえ、小森が帰って来る。

武山　よお、おかえり。
小森　ただ今帰りました。
武山　あ、小森。こいつ、俺と理科大で同級だった狩野っていうんだ。
狩野　お邪魔してます。狩野良介です。
小森　小森敬文です。
武山　こいつは西田研究室で友田ってのと一緒に理論の方をやってるんだ。今はえーと、何やってんだ？
小森　先生の言いつけでディラックの『量子力学』の翻訳をやってます。
狩野　ほう。
小森　今日は旧交を温めにですか。
武山　いやァ、偶然おもてで逢ったんだよ。何かこっちの方に用事があったらしくて。
小森　そうですか。（武山に）あの……
武山　うん？
小森　友田さん、どうですか？
武山　ああ、相変わらず部屋に閉じこもったままだよ。（気づいて）おッ？　理研ウィスキーだな。

小森　友田さんに頼まれたんです。帰りに購買部で買って来てくれって。
狩野　理研ウィスキー？
小森　理研で作っている合成酒なんです。
武山　これがまた不味《まず》いのなんのって。ひでえ味だが贅沢《ぜいたく》は言えん。大いに呑もう。
小森　これは友田さんのですよ。
武山　ここへ呼んでやればいいじゃないか。なに、こういう時は、みんなでワっとやって忘れちまった方がいいんだよ。（瓶を取る）
小森　でも……
武山　いいからいいから。（と、栓を開けて嗅《か》ぐ）ウーン、凄《すさ》まじい匂いだな。（狩野に）やってみるか？
狩野　何かあったのかい？　その友田君という人。
武山　せっかく仕上げた論文が、また向こうに先を越されちまったんだよ。（コップや茶碗などをテキパキと用意し始める）
狩野　先を越された？
小森　『中性子と陽子の相互作用』っていうんですが、実は去年のうちに英文に翻訳して西田先生に渡してあったんです。後はそれに先生が手を入れて国際物理学会に発表するばかりやったんですが……
武山　ところが、先生、机の引き出しに放り込んだままで、なかなか発表してくれない。友田一人がヤキモキしてる間にとうとうなあ。
小森　今月、ウィグナーによる同じ内容の論文が先に出てまったんです。
狩野　それはひどいな。
武山　それで奴《やっこ》さん、すっかり腐っちまって昨日から仕事をサボってるってわけだ。まァ、気持ちはわからんじゃないがね。
狩野　しかし、西田先生ともあろう方が、どうしてそんな意地の悪いことを。
武山　別に意地悪でしてるわけじゃないさ。とにかく忙しすぎるんだよ、あのオヤジは。理論の方も実験の方も全部自分が陣頭指揮に立たなきゃ気がすまないって頑固オヤジだからな。まァ、論文に手を入れる時間がなかったんだろうよ。
狩野　そういうことか……
小森　友田さんやて、そのことはわかっとるんです。でも、わかっとって、それでも悔しい気持ちをどうしてええのかわからんのやと思います。
狩野　なるほど。
武山　よし、支度は出来たぞ。友田呼んで来いッ。

小森　（仕方なく）はい。（友田を呼びに上がってゆく）
武山　——しかし、お前、ここら辺で用事があるって何だったんだ？
狩野　うん、ちょっとな。
武山　大丈夫なのか、酒なんか呑んで。
狩野　お前が勧めたんじゃないか。
武山　アハ。
狩野　まァ、いいさ。少し呑んだ方がいいくらいだ。
武山　へ？
狩野　（残っていたビールを呑み干す）
小森　（部屋をノックして）友田さん。友田さん。開けますよ。（開ける）
友田の声　……ああ。
武山　（上に向かって）友田、降りて来いよ。下で呑もうぜ。
友田の声　……はい。
小森　ということですんで。
友田の声　……ああ。
武山　何だか死にそうな声出してやがんなァ。

狩野　大丈夫なのか？

武山　大丈夫だろう、酒だけはやたらに好きなやつだから。

小森　（下に降りてきて）友田さん、すっかりアルコールの味を覚えてまいましたね。去年までは一滴も呑まなんだ人なのに。

武山　結構、結構。酒持って来いがまことの恋よ。

——と、幽鬼のような顔をした友田が、だらしのない寝間着姿で降りて来る。少々ゾッとする一同。

小森　……ああ、友田さん、こちら武山さんのお友達で。

狩野　狩野良介です。よろしく。

友田　友田です……。すみません、着替えて来ます。

狩野　いえ、どうぞ、そのままで。さァ。

友田　（生気なく）すみません……

武山　まァ、とりあえず乾杯しようッ。

小森　そうですね、それじゃあ……

友田　何に？
武山　何にって……何に乾杯しよう？
友田　世に出なかった僕の論文に。
三人　……
小森　それ……ちょっと、暗いな。（明るく）じゃァ、友田さんの活け花に。
狩野　（思わず）活け花だったのか、これ。
武山　乾杯ーッ！
一同　乾杯ーッ！

一同、ぐびッと一口呑んで、「プッハァー……不味い」などと言うが、友田ひとりがぐいぐいと呑み干してしまう。

武山・小森　……
友田　（小森に）おかわり。
小森　……大丈夫ですか。
武山　（無理に明るく）いやァ、頼もしいよッ。遠慮せずにどんどん呑んでいいぞ。

小森　だからこれは友田さんの酒ですって。

――と、嬉しそうな犬の鳴き声と、「ただ今、ガロア」という桐子の声がする。

武山　あれッ、いやに早いな。

疲れた顔で、彦次郎と桐子が入って来る。

小森　負けちゃったんですか、東大？
彦次郎　途中で帰って来たんですよ。
桐子　三回の裏までやって十二点差だもの。
武山　ありゃりゃりゃんりゃあ。
彦次郎　せめて橋場君が正選手で出てればねえ……（狩野に気づいて驚く）おやッ？ あッ、あなたは……
狩野　（立ち上がって）初めまして、狩野良介です。本日は、突然お訪ねして申し訳ありません。
武山　（驚いて）何だ、お前、大家さんと知り合いだったのか？
桐子　どなたなの、お父さん？
彦次郎　どなたって、お前、こないだ話したじゃないか。お前の見合いのお相手だよ。
武山・小森　えぇーッ？
桐子　……
武山　じゃ、お前、用事ってのは桐子さんとの見合いだったのか？
狩野　いや、そういうわけじゃない。（桐子に）すみません、突然で驚かれたでしょうが。
桐子　……いいえ。
狩野　直接お会いして、お話ししたかったのです。
武山　だから、それを見合いって言うんじゃないか。
狩野　違うったら。
彦次郎　（桐子に）と、ともかく、そんな格好じゃアレだから着替えてきなさい。
桐子　別にいいわよ。
彦次郎　よかないですよ、もっとあるでしょう。こう、ブァーッとしたやつが。

桐子　そんなの持ってないもの。
狩野　いえ、どうぞ、そのままで。
桐子　……
狩野　どうでしょう？　気持ちの良い天気ですし……ちょっと出ませんか？

——短い間。

桐子　ええ。（彦次郎に）ついでにガロアを散歩に連れて行くわ。
彦次郎　それはいいけど、お前……（気が気でない）
狩野　ガロアっていうんですか、あの柴犬。
桐子　いけませんか？
狩野　いいえ、いい名前です。数学者のエバリスト・ガロアから取ったのですか？
桐子　ええ。
武山　何だ、それは気づかなかったなァ。
友田　（ボソッと）僕は、気づいてました。
小森　僕も、気づいてました。

——短い間。

彦次郎　私は……気づかなかったなァ。※27
武山　……
狩野　十九世紀の天才数学者ガロアは、愛する女を賭《か》けて決闘を行い、それに破れて二十一歳の若さで死んだ美丈夫《びじょうふ》です。桐子さんもなかなかロマンチストなんですね。
桐子　……（無言のまま踵《きびす》を返して、玄関へ去る）
彦次郎　おい、桐子。ちょっと待ちなさい。（追いかけてゆく）

——短い間。

狩野　（武山に）すまん、隠していたわけじゃないんだが、つい、な。
武山　（小声で）お前、あんなの貰《もら》ったら大変だぞ。やめとけやめとけ。
小森　（小声で）武山さん。
狩野　（小声で）いや、俺が思っていたより、ずっと素敵な人だった。

武山　（小声で）騙されてんだよ、お前。
狩野　そんなことよりな、お前んとこの電磁石、どのくらい電流が要《い》るんだ？
武山　え？　……まァ、ざっと千五百アンペアくらいかな。
狩野　横須賀まで持って来いよ。
武山　え？
狩野　潜水艦蓄電用の強力なバッテリーを使わせてやる。
武山　本当かよッ？
狩野　ああ、俺が艦政本部に掛け合ってやるよ。（友田に）珍しい酒をご馳走《ちそう》様。
友田　……いいえ。
狩野　じゃ、失敬。（玄関に去る）
　　犬の鳴き声が遠ざかると、彦次郎が心配そうな顔をして戻って来る。
彦次郎　（ブツブツと）……どうもねえ、見合い前に本人が訪ねて来るだなんて聞いたことないよ。（武山たちに）狩野さん、何か言ってなかったかい？
武山　さァ、別にこれといったことは。

彦次郎　いったいどういうことなんだろう？　電話を掛けて仲人《なこうど》さんに聞いてみなくちゃ。（母屋へ去る）

――間。

小森　（武山に）良かったですね、実験再開のめどが立ちそうじゃないですか。
武山　うん、これも俺の人徳だな。よし、もう一度乾杯しよう。
小森　はいッ、さあ友田さん。
友田　うん。（元気はない）
武山　狩野良介海軍中尉殿と俺の人徳に、乾杯ーッ。
小森・友田　乾杯ーッ。

武山と小森、ぐいッと一口呑んで「プッハァー……不味い」などとやるが、先刻と同様、友田ひとりがぐいぐいと呑み干してしまう。

武山・小森　……

友田　（無言で酒を注ぐ）
武山　（明るく）……しかしなァ、西田のオヤジもいかんよ。人の論文預かっといて、引き出しの肥《こ》やしにするとは失敬千万だッ。
小森　そうですッ。
武山　西田横暴ッ。
小森　ザッツ・ライッ。
友田　……もういいよ。（酒を呑み干す）

——短い間。

武山　元気出せよ。あのオヤジにひどい目にあってるのは俺たち実験屋の方だぜ。一つの測定が軌道に乗って面白くなりかけると、それはいいから、もう次の実験をやれって言うんだ。要するに飽き性なんだよ。その度に俺たちはあっちこっちへ振り回されてさ、まったく堪《たま》らんぞ。
小森　飽き性は言い得て妙ですね。一度結果が出てまったものからは、先生、急速に興味が失《う》せてまうもんなあ。だから友田さんの論文やて最初はあんなに喜んだのに、最後はもう忙しさにかまけて見向きもせんようになって……
友田　もうえぇって、小森君。
小森　……
友田　……先生はなあ、焦ってはんねん。僕たちに次から次へと無茶なこと言うのんも、一日でも早くヨーロッパやアメリカに追いついて、追い越したいゆう先生の焦りの気持ちのあらわれなんや。……わかってるんだ。

——短い間。友田、無言で酒を注ぐ。

武山　友田。
友田　え？
武山　こんな歌知ってるか？
友田　歌……ですか？
武山　（『證誠寺《しょうじょうじ》の狸囃子《たぬきばやし》』の節で歌い出す）「ニ、ニ、ニシダ。ニシダノオヤジ。ミ、ミ、ミンナニ無茶言ッテガーミガミ。俺タチャ腹立ッテ、ポンポコポンノポン！」
小森　何ですか、そりゃ？

武山　馬鹿もんッ。俺たち実験組はこれを歌って辛《つら》い夜中の数値測定に耐えとるんだ。（続けて歌う）「負ケルナ、負ケルナ、オヤジニ負ケルナ。一服シテ、スーパスパ、サボッテ、スーパスパ」

友田　面白いですね。

武山　だろう。サァ、ご一緒にッ。

小森　ご一緒にはないでしょう。

武山　何を言うか、理研西田研究室の神聖なる労働歌だぞ。

小森　でも……

　　　すると、友田、立ち上がって歌い出す。

友田　「ニ、ニ、ニシダ。ニシダノオヤジ。ミ、ミ、ミンナニ無茶言ッテガーミガミ」

武山　（唱和して）「俺タチャ腹立ッテ、ポンポコポンノポン！」

　　　仕方ないとばかりに、とうとう小森も唱和して、

三人　「負ケルナ、負ケルナ、オヤジニ負ケルナ。一服シテ、スーパスパ、サボッテ、スーパスパ」

——と、玄関から、立派な身なりの西田義雄博士が静かに入って来て、しばらく三人が歌うのを黙って見ている。三人は西田の存在に気づかず、歌はフリなどもついてどんどん悪ノリしてゆく。※28

小森　（西田に気づき）あ、先生ッ。
武山・友田　え？　…あッ！
西田　……
三人　……（大緊張して慌てて整列する）

——間。

西田　……面白い歌ですね。
武山　いやァ……（弱る）

西田 友田君。
友田 はいッ。
西田 ちょっと、いいかな？
友田 はいッ。では、あの……僕の部屋へ。
西田 うん。（武山たちに）今の歌、誰が作ったの？
武山 あ、小森君が。
小森 （信じられないという目で武山を見る）
西田 そう。（小森に）よく出来ている。
小森 いえ……はい。
西田 ちょっとの間だけ友田君を借りるよ。
武山 はいッ。

西田、友田に案内されて階上へ。

友田 （部屋の前へ来て）……どうぞ。
西田 ありがとう。（階下を振り返って）あ、どうか私に構わず続けてくれたまえ。

武山　……はあ。
西田　さあ。
武山・小森　はい。（仕方なく小さく歌い出す）「ニ、ニ、ニシダ、ニシダノオヤジ……」
西田　（満足そうにうなずいて、友田と部屋に入る）

――短い間。

小森　ひどいやないですか、武山さん。
武山　あの場合、ああ言うより他に仕方ないじゃないか。
小森　（不満）何で？
武山　そんなことより、こりゃいったいどういうことだよ？　オヤジが俺たちの下宿訪ねて来るだなんて前代未聞だぞ。
小森　やっぱり気にしとったんでしょうか、友田さんの論文のこと。
武山　かもなあ。ああ見えてけっこういろんなこと気にする人だからな。（思い出し笑い）……おい、こんな話知ってるか？　あのオヤジな、どんな子供にも懐かれたことなぃんだよ。
小森　え、まさか。
武山　本当なんだって。どんな大人しい赤ん坊でもな、オヤジが抱くと、たちどころに火がついたように泣き出しちまうんだってよ。
小森　なぜでしょう？
武山　まァ、子供とか動物は純真だからな、冷酷な人間は本能的に見抜かれてしまうんでしょうかねえだなんて、あのオヤジ、そんなことけっこう気にしてたりするんだよ。
小森　先生はリアリストやけど、冷酷とは違いますよ。
武山　あれ？　いきなり肩持つじゃないの。
小森　そういうわけやないですけど……

——と、憮然《ぶぜん》とした顔の桐子が戻って来る。

小森　やァ、お帰んなさい。
武山　いいやつだったでしょう、狩野。俺と同級だったんですよ。

桐子　聞きました。
武山　（嬉しそうに）で、どうする？　決めちゃう？
小森　（小声で）さっき反対しとったやないですか。

——短い間。

桐子　……言っておきますけど、今度のお見合いは父が勝手に決めたことで、私には、まだそんなつもりは毛頭ありません。だから、あの方には失礼かも知れないけれど、このお話、初めからお断りするつもりだったんですから。
小森　何や、そうやったんですか。
武山　ハハハ、狩野も哀れなやつだ。せっかく桐子さんのこと気に入ったようだったのに。
桐子　ですけど……
武山　え、ですけど何？
小森　気が変わったんですか？
武山　どうする？　決めちゃう？

桐子　……向こうから先に断られました。私がお断りするより先に。
武山・小森　ええーッ。
桐子　自分には結婚より先に、まだまだやりたい仕事が山ほどあります。あなたには申し訳ありませんが、この話はなかったことにして下さい、ですって。馬鹿にしているわ。私が言おうと考えてた文句そのままじゃないのッ。
武山・小森　……

――間。

小森　……でも、まァ、結果的には同じことやったわけですから。
武山　そうだよ。むしろ言いにくいことは向こうが言ってくれたんだからさ……
桐子　私もそう思います。でも……それで、どうしてこんなに腹が立つんですッ？

桐子、憤然と母屋に去る。

小森　……どうしてって言われても。

武山　ねえ。

——と、友田が部屋から飛び出して、階下に降りて来る。

武山　おい、どうした？

小森　先生は？

友田は、怒ったような、泣きたいような、そんな顔つきで、ただただ、酒を呑むばかり。

友田　……

武山　おい、黙ってちゃわからんだろうが。

小森　友田さん。

友田　……先生が。

武山　ああ？

小森　（声をはばかって）先生がどうしたんです？

友田　……明日から、研究室の理論の方は、全部僕にまかせるって。
小森　ええッ？　凄いやないですか、友田さん。
武山　そのぶんオヤジは実験に打ち込もうって肚《はら》だろ。やれやれだ。
友田　（苦しそうに）それから……この間の論文のこと、すまなかったって……僕に……
　……土下座したんだ。
武山・小森　……
　――間。
　友田は顔を覆《おお》って、泣き出してしまいそうになるのを堪《こら》えている。
友田　僕は……どうしたらええんや。
　――と、西田が部屋から出て、静かに降りて来る。
西田　（静かに）諸君、お邪魔をしたね。

武山と小森、立ち上がって最敬礼するが……友田は動けずにいる。

西田、友田に声をかけたそうにも見えるが……無言のまま玄関に去る。

——短い間。

——と、激しく吠える犬の声があって、「ど、ど、どういうことだあッ？」「た、た、助けてくれエ！」という西田の悲鳴。

武山・小森　先生ッ！　（玄関に向かって駆け出す）

——と、その二人を押し退《の》けるようにして、西田が脱兎のごとく戻って来る。そのズボンの裾が痛々しくも食いちぎられている。

西田　（血相を変えて）あ、あんな犬、さっきはいなかったじゃないかッ！
友田　（驚いて、思わず）ガロアのことですか？
西田　ガロアっていうのか、あの犬ッ？
友田　ええ。
西田　ガロアってあのガロア？　数学者の？

友田　ええ。
西田　じゃあ何であんなに吠えるのッ？　物理学者だよ、僕は。仲間じゃないかッ。
小森　先生、犬がお嫌いだったんですか？
西田　こっちは嫌いじゃないけど、なぜか向こうが嫌うんだよ。どんなに大人しい犬でも僕だけには吠えたり、嚙みついたりするんだよッ。
武山・小森　……
西田　僕がどんなに心開いても駄目なんだよッ。ねえ、これはいったいどういうことだと考えるかねッ？　ねえ、諸君ッ？

取り乱す西田を呆気にとられて見ている三人。
——短い間。

西田　（手を挙げて）ハイ、意見のある者？

——暗転。

四場

昭和十年、九月。

ある朝の『平和館』の大騒動である。

彦次郎が便所の前で『嗚呼《ああ》玉杯に花うけて』を歌っている。その周りには固《かた》唾《ず》をのむといった体で桐子、谷川、早坂、武山、小森、そして今は何故か尼《シス》僧《ター》姿となっている富佐子がいる。※29

谷川　ちょっと待てッ。逆効果なんじゃねえのか、その歌は。
桐子　かえって辛くなるんじゃなくて。
彦次郎　他には思いつかないんですよ。
早坂　ええやんけ、もう。ブッ壊して引きずり出したったら。
小森　そりゃ無茶でしょう。
彦次郎　そうですよ、家壊されてたまりますか。
桐子　まずは説得。

武山　その説得が歌だってのに問題あるんじゃないの。（あくび）
彦次郎　じゃ、何ならいいの？
小森　食い物で釣るとか。
谷川　油虫じゃねえぞ。
富佐子　子羊たちよ。
武山　ふぁあ？
富佐子　傷ついた魂は懺悔《ざんげ》によってのみ救われます。（便所の前に進み出て）さァ、懺悔をなさい。ここには誰もいません。
彦次郎　いるじゃないの、大勢。
友田　（母屋から出て来て）何か噴いてますよ。
桐子　いけないッ。
一同　えッ？
桐子　お味噌汁のお鍋、火にかけたまま。（と、急いで母屋の方へ）
武山　やっと出たのか、友田。

小森、早坂と競い合うように母屋の便所へダッシュするが負ける。

小森　（歯を食いしばって）長すぎますよ、友田さんの便所は。
友田　つい、考え事を。
彦次郎　この非常時にどんな考え事があるの？
友田　湯川君の「中間子論」が気になってて。
彦次郎　今は人の生き死にがかかってんですよッ。
富佐子　（友田に）懺悔をなさい。
友田　すいません。
富佐子　（便所をノックして）子羊さん、子羊さん。
谷川　もう死んでんじゃねえのか、子羊さんは。
富佐子　（何て罰《ばち》当たりな、という顔で離れる）
彦次郎　縁起の悪いこと言わないでおくれッ。
谷川　ふん。（自室に戻る）
彦次郎　（便所に）聞こえるかい？　橋場君。君ね、人生は長いんだ。嘘をついてただなんて、それくらいのことで早まった真似はしちゃいけないよッ。私の話をしようか。私だってね、若い頃はずいぶんいろいろな嘘をついたよ。誰かを騙したことだって一度ならずある。でもね、こんな話知ってるかね？　昔ね、嘘ばかりついている羊飼いの少年がいたんだよ。でも、その少年だってね、ちゃんと最後には狼に食べられてしまって、あれ？

小森　(尿意をこらえてモジモジしながら) それ、嘘はいけないって話でしょう。

彦次郎　そうだよね、食べられちゃ何にもならないよ。

谷川　(出て来て) ほら、どいたどいた。(と、ガチ袋をぶら下げる)

友田　何するんですか？

谷川　こじ開けるんだよ。

彦次郎　やめとくれよ、乱暴なことは。

谷川　手遅れになったらどうすんだッ。

友田　そもそも、本当に橋場君は自殺するつもりなんですか？

谷川　でなきゃどうしてこんな所に半日も閉じこもってんだ。

彦次郎　部屋には遺書だってあったんだし。

友田　でも、書きかけやったんでしょう？

谷川　書きかけだって遺書は遺書だ。

武山　(テーブルの上に広げられていた遺書らしきものを読んで)「コノ度、私橋場大吉ノ不始末ニヨリ、栄《は》エアル東京大学野球部ガ公式試合没収ノ恥辱《ちじよく》ヲ受ケ、何ラ罪ナキ倶楽部員ニマデ甚大《じんだい》ナル社会的責任ヲ負ハセルニ至リマシタコトハ、誠ニモッテ私ノ不徳ノイタス所デアリ、オ詫ビノ仕様モゴザイマセン。斯《か》クナル上ハ、イッソ」（あくび）

友田　武山さん、あくびなんかしないで。

武山　ここまでしか書いてないの。眠いんだよ、二日も徹夜で。

小森　（さらにモジモジ）「斯クナル上ハ、イッソ」……何ですかね？

谷川　「死ンデオ詫ビヲ」と来るだろう、日本人なら。

彦次郎　昔なら切腹ものなんだから。

谷川　だからバラしてみるしかねえだろ、この便所。

彦次郎　（慌てて）それは待って下さいよ。

武山　あまり外から刺激しない方がいいんじゃないの？　（あくび）

友田　そうですよ。万が一それが引き金となってしまったら。

小森　（極限状態で）あり得ますよね。

彦次郎　（谷川に）絶対駄目だよォ。

早坂　（手斧を持って出て来て）向こうにええもんあったでェ。（と、便所の戸を破ろ

うとする）
彦次郎　うわァ！
友田　ちょっと待ってェ！

彦次郎、友田が必死になって早坂を止める。

小森　やっと空いた……（と、股間を押さえてピョンピョン跳ねながら母屋の便所へ）
富佐子　私によい考えがございます。（と、進み出る）
友田　どんな？
富佐子　（便所の前で）橋場さん、あなたの罪は許されました。
一同　え？
富佐子　そう、神の前ではすべての罪は許されるのですよ。
彦次郎　本当？
富佐子　（お札《ふだ》を出して）ここにその証文《しょうもん》もあります。
友田　何ですか、それ？
富佐子　免罪符です。一枚一円五十銭でお分けしています。

谷川　金取るのか？
富佐子　みなさんの罪もこれで。
早坂　（便所に向かって）コラ、お前がグズグズしとるさかい、インチキな店広げるもんまで出て来よったぞッ。
富佐子　インチキとは何です。
友田　少なくとも科学的やないです。
武山　はい、インチキ禁止ッ。（眠りかけている）
彦次郎　この下宿で怪しげな商売は困りますよ。
富佐子　神よ、この愚かな子羊たちをお許し下さい。この者たちは自分が何を言っているのかわからないのです。
谷川　わかんねえのはあんただよ。
富佐子　アーメン。（自室に引っ込む）
桐子　（膳を持って出て来て）橋場さん、出てらっしゃいな。ご飯ができましたよ。
一同　お？
桐子　今朝はあなたの大好物のトンカツですよ。
一同　おおッ。

富佐子　（部屋から顔を出す）
桐子　（一同に）橋場さんだけです。
一同　……
桐子　場合が場合ですから。
谷川　……ちぇッ、それも仕方ねえか。
早坂　何でやねん。勝手に閉じこもってみんなに迷惑かけとるアホが、何で一人だけトンカツやねん。筋通らんやろが。
友田　早坂さん、そないムキにならんでも。
早坂　ほな、わしらのオカズは何やねんッ？
小森　（出て来て）桐子さん、メザシ焦げてますよ。
桐子　あ、いけないッ。（母屋へ引き返す）
一同　……
富佐子　（引っ込む）
早坂　あかん、わしもうやる気ないわ。
彦次郎　やる気の問題じゃないでしょう。人の生き死にの問題なんだよ。
谷川　そうだ。メシのオカズくらいで男がギャアギャア言うな。みっともねえ。

早坂　このクソガキャ、わしが人の道ちゅうのを教えたるッ。（再び手斧を振り上げて便所に向かって突進する）
友田　早坂さんッ。
谷川　やめんか、コラッ。

突進する早坂を谷川、友田、彦次郎の三人が止める。

武山　（居眠っていたのが、驚いて目を醒《さ》まし）何？　どうなったの？
早坂　放せ、放さんか、コラッ。（便所に向かって）コラーッ、お前がハッキリせえへんからややこしいことになってんねや。出て来るなら出て来る、死ぬなら死ぬで早《はよ》う決めんかいッ。
彦次郎　駄目だよ、そんなこと言っちゃあ。
小森　あの。
一同　うん？
小森　もしかして、もう……
彦次郎　やめて下さいよ。

谷川　縁起でもねえこと言うな。
小森　だって、さっきからずっと静かじゃないですか。
一同　……（ゾっとする）

——短い間。

谷川　（便所の戸に耳を当てる）
一同　（谷川に注目）
彦次郎　……どうだい？
谷川　しッ……

——間。
かすかにチョロチョロという音が聞こえる。

谷川　……小便してやがる。
一同　（安堵《あんど》のため息）

――短い間。

友田　……まァ、当分は大丈夫でしょう。
小森　しかし、どうしてそんなに思いつめてまったんですかね。
武山　結局、あれだろう？　ニセ学生だったのがバレちまったってことだろ。
友田　橋場君がニセ学生やったなんてねえ。
谷川　俺はわかってたね。
小森　どこでわかったんですか？
谷川　（鼻で笑って）教えない。
武山　で、野球部からも当然追放だと。まァ、そういうことだよ。
彦次郎　そんな簡単なものじゃないさ。一昨日の試合はねえ、そりゃいい試合だったんだ。あの東大が優勝候補筆頭の早稲田に堂々と伍して一歩も退かずさ。二対二、同点のままもつれ込んだ土壇場の最終回、走者林田を一塁に置いて、橋場君が初めて代打で出場してさ、疲れの見えた早大若原の初球を叩いたら、これが何と見事に左中間を抜いたんだ。ああ、今思い出しても興奮するねえ。白球が転々と外野に転がってていってさ。これが決勝打となって東大がとうとう王者早稲田に一矢《いっし》報いたんだから。嬉しかったねえ……橋場君なんか、もう顔をクシャクシャにしちゃってさ。私も、年甲斐もなく貰い泣きをしちまってねえ……

武山　（あくびをしながら）ほーう、そりゃ橋場君、大殊勲だ。

彦次郎　そうですよ、大殊勲ですよ。でも、その大殊勲が仇《あだ》になって新聞記者に素性がバレちまったんだから、こんな悲しい話もないじゃないの。

友田　昨日の新聞には確か「球史に残る一大不祥事※30」と書かれてましたね。

谷川　何が一大不祥事だ、たかが球遊びごときに。

小森　ごときは少々手ひどいな。

谷川　橋場のことじゃねえ。低劣極まる新聞記者のことを言ってんだ。

彦次郎　とにかく、その記事のおかげで試合は没収。橋場君が公式戦で初めて打った値《あたい》千金の決勝打も記録に残らないばかりか、あんなに頑張ってた野球を橋場君はもう二度と出来なくなっちまったんだからねえ。

早坂　自業自得や。

谷川　橋場がニセ学生だろうが何だろうが、そんなこたァつまらんことだ。俺たちの生活にゃ何の関係もねえ。違うか？　それを仰々しく書き立てる新聞がどうかしてやがんだ。

小森　しかし、大学野球の愛好者にとってはやはり大事には違いないでしょう？

谷川　馬鹿野郎ッ、そんなことで大騒ぎするより日共中央委員会の壊滅や美濃部《みのべ》著作の発禁の方が俺たち日本人にゃよっぽど大事なはずじゃねえか。新聞はもっとそういう重大問題をだな。

早坂　どっちも関係ないわ。

谷川　ほう、得意のリアリスト気取りか？　けど、当節はあんたの働くダンスホールだってそうとう風当たりがきついとお見受けするがね。

早坂　関係ない言うてるやろ。

谷川　ハ、てめえの死活問題が関係ねえとは見上げた心掛けだ。（一同に）おい、今だぞ。今だ。野球なんかに浮かれてねえで、今、しっかり目ん玉ひんむいて、俺たちの周りで何が起こってるのか見てねえと、そのうち大変なことになるぞッ。

友田　……

谷川　おい友田、聞いてんのか？

友田　あ、すみません。

谷川　何、ぼおッとしてやがんだよ。

小森　もうええやないですか。
谷川　お？
小森　今は、橋場君のことやないですか。
彦次郎　そうだよ。この下宿で首吊りが出る方が、よっぽど大変なことだよ。
谷川　（小さく）なっちゃいねえや、どいつもこいつも。
早坂　アホくさ。首吊ろうが吊るまいが、そんなん勝手にしたらええねん。橋場かてこれぐらいのことは覚悟してニセ学生やっとったんちゃうんか。（便所に向かって）なあッ、そうと違うんか、橋場ッ？
彦次郎　だから刺激しないでよ、そんなふうに。
桐子　（出て来て、一同に）ごめんなさい。
武山　あ？
桐子　朝ご飯のオカズは味噌汁のみとさせていただきます。
早坂　あーあ。

——短い間。

小森　……友田さん。
友田　うん？　（考え事をしていた）
小森　新聞にこんなに大きく記事が出て、橋場君のおふくろさん、辛いでしょうね。
友田　あ……ああ。そうだろうね。
武山　橋場、クニどこだっけ？
彦次郎　確か、豊橋って。
武山　豊橋かァ。
桐子　（武山に）大事なことなの？
武山　竹輪《ちくわ》が美味《うま》いよね。
谷川　関係ねえだろ、今はッ。
武山　眠いんだもん。これでも必死なんだよ、起きてようと思ってさ。
小森　友田さん……どうしたんですか、さっきから？
友田　うん、別に……
谷川　ふん、こいつの頭ん中はよ、新聞に出てた湯川何とかってやつの論文でいっぱいなんだよ。冷てえ野郎じゃねえか、橋場が首くくろうって時によ。
友田　……

小森　友田さんはそんな人やありませんよ。
友田　いいんだ。……本当なんだ。
小森　友田さん。
友田　もちろん、今は橋場君のことが心配だよ。でも……さっき谷川さんが言わはったように、僕は、僕の周りで何が起こってるかなんて考えてみたことなかった。……見なあかんとは思うよ。でも、今はどないしても興味がないんや。僕にとっては湯川君の「中間子論」がすべてで、後のことはどうでもええようにしか感じられへん。
小森　誰だってそうですよ。
谷川　そうじゃねえよ。だからお前たち科学者なんてのは駄目なんだよッ。
友田　（谷川に）すみません。
小森　……
谷川　俺に謝ったって仕様がねえだろ。
　　　――と、その時、富佐子の部屋で窓ガラスがガチャンと割れる音がする。
一同　（驚いて）！……

富佐子の声　（叫ぶように）今、石を投げし者よ、あなたのために祈りますッ。あなたの罪が許されますように、アーメンッ。
小森　（ノックして）富佐子さん、大丈夫ですか？　（一同も心配そうに富佐子の部屋へ）富佐子さん？
富佐子　（出て来て）……こんなものが。（と、紙に包まれた石を見せる）
早坂がそれを受け取って開く。紙を覗き込んで、そこに書かれた文字に目を走らせて、顔を曇らせる一同。
谷川　……くだらん野郎どもだ。
――と、早坂が便所の前に行く。
早坂　（便所に向かって）ええか、よお聞けやッ。
彦次郎　早坂君、それはマズイよッ。
早坂　（読み上げる）「厚顔無恥ナル希代《きたい》ノ痴《し》レ者、橋場某《なにがし》ニ告グ。貴様ノ如キ無知濛昧《もうまい》ニシテ低能ナル輩《やから》ガ破廉恥ニモ東京帝大学生ヲ詐称シタルハ言語道断デアル。貴様ノ行為ハ栄エアル我ガ東大野球部ノ歴史ニ泥ヲ塗リ、同時ニ、神聖ナル野球ヲ冒瀆《ぼうとく》シ、真ニ野球ヲ愛スル我等ヲモ侮辱スルモノデアル。右ノ罪状、断ジテ許シ難シ。ヨッテ以後、グラウンド及ビ本学内ニ立チ入ル事アラバ、直チニ電光石火的制裁ガ加ヘラレルデアラウ事ヲ此処《ここ》ニ警告スルモノナリ。東京帝国大学私設応援団有志一同」。

一同　……

――短い間。

早坂　どや？　アホらしいやろ？　こんなアホらしい連中のためにおのれは死ぬっちゅうんかいッ？

――間。

便所の中からは物音一つ聞こえない。

早坂　……ほならもう勝手に死にさらせッ。
富佐子　（便所の前へ進み出て）いいえ、死んではなりませんよ。そんなことは神様がお許しになりません。（声を落として）いいですか、神のご加護により、この免罪符をあなたにだけは特別に……もう一円でいいです。
彦次郎　値引きしたって駄目ですよッ。
武山　インチキ禁止ッ。
富佐子　ああもう子羊たちよッ。この者たちにも神のお慈悲のあらんことをッ。（自室に引っ込む）
早坂　わいももう知らん。（自室に戻りかける）
友田　ちょっと待って下さい、早坂さん。
早坂　うるさいわ、もう関係あるかいッ。

――と、玄関で犬の吠える声がして、林田清太郎の声がする。

林田の声　ごめん下さい。こちら橋場大吉君の下宿でしょうか？
一同　……

桐子　はーい。（玄関に出る）……どちら様でしょうか？
林田の声　東大野球部の林田清太郎と申します。
一同　（緊張が走る）

——短い間。

林田の声　あの、橋場君はおりますか？
桐子の声　ええ、でも……

——短い間。

谷川　（小さく）……上等じゃねえか。俺がぶん殴ってやらァ。
彦次郎　（小声で）駄目ですよ、絶対。（一同を見渡した後、玄関に向かって）上がってもらいなさい。
桐子の声　……どうぞ。
林田の声　お邪魔します。

桐子に案内されて、野球鞄をさげた林田が入って来る。
林田、勢揃いしている住人たちに驚くが、軽く一礼。

彦次郎　ショートストップの林田君だよね。
林田　はい。
彦次郎　困ったことになってるんだよ。
林田　え？
小森　（便所を指して）橋場君、昨夜《ゆうべ》からそこに閉じこもったまま、出て来んのです。
林田　……
友田　実は、橋場君の部屋から遺書らしきものも見つかって。
林田　（驚いて）遺書ですか？
桐子　これです。（渡す）
彦次郎　それで、こうしてみんな心配してね。
林田　（読んで）「斯クナル上ハ、イッソ」……いっそ、何だろう？
小森　いっそ、と来たら「死ンデオ詫ビヲ」でしょう？

林田　ああ、そういうのもありますね、確かに。
谷川　他に何があるんだよ。

——短い間。

林田　話をさせてもらえますか。
桐子　……どうぞ。
林田　(便所の前で)橋場君、俺だ。林田だ。

応答はない。——間。

林田　話したいことがあるんだ。出て来てくれないか。

——間。やがて、静かに戸が開き、橋場が出て来る。
一同、二人を見守る格好となる。

橋場　……
林田　東大野球部は向こう一年間の対外試合を辞退することになった。

――短い間。

橋場　……やっぱり、そうか。
林田　それで何とか、連盟の方からは許してもらえそうだ。
橋場　……そうか。
林田　……うん。
橋場　……林田。
林田　うん？
橋場　……申し訳ない。
林田　……うん。
橋場　みんなに……申し訳ない。
林田　…………うん。

——間。

彦次郎　（林田に）そりゃね、確かに橋場君のしたことは良くないよ。身分を偽って学生に成り済まし、伝統ある東大野球部にまじって野球をしてただなんて、やっぱりいけないことだよ。でもね、これだけはわかって欲しいんだ。これだけは言っておくよ。橋場君ほど野球の好きな青年はいないよ。これは神かけて本当だよ。だからね、橋場君のしたことが野球への冒瀆だなんて言われるとね、私ゃもう頭にカッと血がのぼっちまうんだよッ。

桐子　お父さん。

彦次郎　わかってるよッ、わかってるんだ。

——間。

林田　実は……うすうす知ってたんだ。

橋場　……

林田　お前が、うちの学生じゃないってこと。

橋場　……
林田　だって、うちの学校……マダガスカル文学なんて学科ないから。
橋場　……
林田　みんなも多分、気づいてたと思うよ。
橋場　……そうか。[※31]
林田　みんな、うすうす知ってたくせに、今度の事件が新聞に書き立てられた時、……
誰も、……俺も、……お前を庇《かば》わなかった。
橋場　……
林田　すまなかった。
橋場　……いや。
林田　（ポケットからボールを取り出して、差し出す）
橋場　何？
林田　ウィニングボール。一昨日《おととい》の。
橋場　（受け取る）
林田　じゃ、さよなら。

林田、一同に頭を下げて、帰りかける。

橋場 林田。

林田 ……なに？

——短い間。

橋場 いや、いい……

林田 何だよ？

橋場 ……

林田 言えよ。

橋場 ……お前は、まだ……俺とキャッチボールしてくれるか？

——短い間。

林田 （鞄からグラブを取り出して）よし、来いッ。

橋場　（ボールを放る）
林田　（受け取って）おもてで待ってる。（出て行きかけて）……あ、橋場。
橋場　え？
林田　あの手紙、いっそ、どうするつもりだったんだ？
橋場　ああ、いっそ、あてのない旅に出ようかな、って。
一同　……（唖然。ゆっくり力が抜ける）
林田　（笑って）そんなことだろうと思った。（出て行く）

——短い間。

橋場、いたたまれないといった風情で、一同に頭を下げる。

橋場　みなさん、どうもお騒がせして、すみませんでした。
早坂　……ホンマ、お騒がせや。
橋場　あの。
一同　うん？
橋場　みなさんも……ご一緒にどうですか？

谷川　何を?
橋場　キャッチボール。
早坂　アホか。
橋場　グラブはたくさんありますから。
谷川　冗談じゃねえや。
小森　……俺、やるよ。
橋場　ハイッ。（自室にグラブを取りに戻る）
武山　俺は寝る。
小森　やりましょうよ、武山さん。
武山　徹夜明けなんだよ。
友田　（力強く）いいじゃないですか、やりましょうよ。
武山　おい。
友田　ねえ、やりましょうよ、みなさん。
小森　友田さん、張り切ってますね。
友田　やりましょうよ、谷川さん。やりましょうよ、早坂さん。ねえ、みんなでやりましょうよ、みんなで。

谷川　何ムキになってんだ、お前は。

　——と、橋場が持ってきたグラブを、早坂が無言でつかんで出て行く。

谷川　(それを見て) あれェ？

　小森もグラブを受け取ってそれに続く。

桐子　これ以上ガラス割らないで下さいね。(と、クギを刺して母屋へ戻る)

　——短い間。

谷川　……冗談じゃねえぞ、おい。

　谷川、グラブを取って出て行く。

友田　（橋場に）ねえねえ、これどうやってハメるの？　（教えてもらうと、嬉しそうに）……初めてなんだよ、こういうの。

　友田、ニコニコしながら出て行く。

武山　……ありゃりゃりゃんりゃあ。

　武山、ものすごく迷惑そうな顔でグラブを受け取り、ぶつぶつ文句を言いながら出て行く。

　最後になった橋場、彦次郎にきちんと頭を下げて出て行く。

　——と、やがておもてから、キャッチボールに興じるそれぞれの声が聞こえて来る。

　彦次郎、しばらくその声を聞いているが、やがて母屋へと戻る。

　誰も居なくなった談話室に、しばらくキャッチボールの声だけが聞こえている。

　そして……その声に、あの試合の実況放送の音声が重なってゆく。[※32]

実況の声　「……さァ大詰めを迎えました秋季六大学野球リーグ戦、早稲田対東京大学の二回戦もいよいよ九回の裏、東大の攻撃もすでに二死であります。マウンド上のエース若原、ここは何とか持ちこたえて延長戦へと希望を繋《つな》ぎたいところ。この試合、強豪早稲田に対し、意外な善戦ぶりを見せている東京大学、ここまで得点は両軍とも二対二のまったく互角、追いつ追われつの好ゲームを展開してまいりました。さァ打席には七番の勝平に替わって代打の橋場大吉。これが公式戦初打席となります橋場選手、緊張のため心なしか顔が青ざめて見えます。一塁塁上には走者林田が、一歩二歩とリードを広げております。この林田を本塁に迎えることさえ叶《かな》えば、東京大学まさに大金星《きんぼし》、一塁側の応援席は声も嗄《か》れよとばかりの大声援であります。さァ長い間合いを取って豪腕若原、第一球を……投げました、打ったッ、抜けましたッ、打球は左中間をきれいに抜けて、転々と転がるボールを左翼手長野が懸命に追いかけます。林田は、ままよとばかりに三塁を蹴って本塁に向かったッ。間に合うか、間に合うか、さァボールは今、長野から本塁へと返って来ます。さァ間に合うか、間に合うか、林田が滑《すべ》り込んだッ。もうもうと上がる土煙。判定はッ？　セーフだセーフだッ、サヨナラだ。東大野球部大金星、王者早稲田に一矢を報いましたッ。大殊勲の橋場、一塁を回った所で天を仰ぎます。万感が込み上げます。橋場、嬉しそうだ。橋場が笑っている。大殊勲の橋場が笑っています……」

——と、富佐子が鞄をさげて部屋から出て来る。

富佐子、例によって名札を外し、静かに『平和館』を出てゆく。

誰もいない談話室に実況の声が流れ続けている。

やがて、その実況の音声は、それからの時代の様々なニュースにのみ込まれるようにして、消えてゆく。

『二・二六事件』『盧溝橋事件』『ノモンハン事件』等々に……※33

そして、舞台には誰もいないまま、

——幕。※34

演出ノート（第一幕）

※1：**『平和館』** この物語の中心人物である友田晋一郎のモデルは、ノーベル賞物理学者の朝永振一郎《ともながしんいちろう》博士であり、『平和館』という名前は、若き日の朝永博士が理化学研究所の同僚である小林稔氏や竹内柾《まさ》氏とともに暮らした実在の下宿屋『旅館御下宿平和館』の名をそのまま拝借している。舞台装置のデザインは奥村泰彦。濃緑色を基調とした半洋風の木造建築で、階段の手すりといいガラガラと横に開閉する式の各部屋の扉といい、いかにも旧い時代の下宿屋のたたずまいを感じさせた。大学の旧い学生寮などを想像していただくと近いかも知れない。初演時は客席上下の通路部分が劇場の機構上大きく空いていたので、ここにも木立ちと昔風の板塀を配して砂利なども敷くというやや大がかりな仕込みをした。観客はその通路を通って入場し、客席に座れば庭先にしつらえたスタンド席から下宿屋『平和館』をのぞき込んでいるといった風情になって、これはなかなかに評判が良かった。

※2：**ドビュッシーの練習曲らしい。** 友田が登場する前までに、この場の基調となる以下の雰

囲気をていねいに作っておきたい。まず屋外は、洗濯物がたちどころに乾きそうな天気で、直射日光がカンカンに照りつけているというイメージ。木々では蟬がうるさいくらいに鳴いている。ただし『平和館』の内部はやや薄暗く、ひんやりとした涼しさを感じさせたい。その涼しさゆえか舞台前部の庭先では鳩がのどかに鳴いている。そして早坂の部屋からピアノの音。曲は『亜麻色の髪の乙女』で、ト書きには知ったかぶりして書いているが、実はドビュッシーってこの曲しか知らないのであった。

※3：**向こうで教師にでもなろうかと思うてます。**　この場の始めでは、友田には内心ずっと「こんなはずじゃなかった」という気分がある。その気分を誰かに語れるものなら語りたいという思いがある。それが彼を饒舌《じょうぜつ》にしている生理的な理由である。そういう生理を自らの生理としてきちんと想像することをしないと単なる説明台詞に堕してしまう。

※4：**（少々怒ったふうに）**　桐子自身はこの時代に「女であることを少々もてあましている」感じの女性でありたい。化学を専攻し、入れるものなら理化学研究所に入りたかったという設定は、森本薫さんの『みごとな女』から拝借している。

※5：**まるで映画の一場面のように見える。**　気分はすっかりマレーネ・ディトリッヒで。謎の女富佐子は、表面的にはあくまで桐子と正反対の女である。根底はきっと同じなのだが。

※6：**ショパンの『別れの曲』に変わる。**　劇中で早坂が弾くピアノはすべて川崎晴美さんに弾

いてもらって録音したもの。中間部の曲想が変わるところを割愛してもらうとちょうどいいサイズになった。

※7：**ビックリやろ?**　この台詞、もともとは「驚いたやろ?」だった。早坂役の俳優が稽古場で勝手に変えてしまったのだが、耳で聞く音としてこちらの方が間が抜けていて可笑《おか》しいので、そのまま採ったのである。

※8：**それまでは死んだように眠ってやるぞ。**　武山は人の良い、しかしあくまでガサツな下宿の先輩という感じで。

※9：**聞こえてくるジャズピアノ**　川崎さんにスローな『コロラドの月』を弾いてもらった。もう実に「ええ感じ」である。

※10：**奇妙な活け花らしきもの**　若き日の朝永博士が悪戯半分に奇妙な活け花を楽しんでいたという実際のエピソードから思いついた。この活け花は物語の必要上視覚的に斬新であることが望まれるが、そんな小道具は借り物というわけにはゆかぬので、オリジナルで製作されねばならない。しかもこの後もルーティーンとして三度登場するので全部で四種類も必要となる。窮した舞台監督の菅野将機氏はこの活け花のデザインと製作を俳優及びスタッフから募集し、賞金つきのコンペにするという荒ワザに出た。ここには書けないが、賞金の額もちょっとしたものだった。さすがにギャンブラーの菅野氏である。金がかかるとなると全員の

目の色が変わって、たちまちにして数十枚のデザイン画が集まった。こうして作られたオリジナルの活け花はなかなかに評判もよく、ある新聞の劇評には「量子力学ふうの活け花も楽しい」などと書かれた。（ただし役者連中は「小道具誉《ほ》められてもべつに嬉しないわなあ」とクサっていた。たしかに限られた少ない字数の内でなら、小道具などではなく、もう一人くらい役者を名指しで誉めてくれてもよかったのにとは思う）

※11：**嬉しそうな犬の鳴き声が遠ざかってゆく。**　鳴き声が遠ざかる感じを出すためにスタッフが小型のスピーカーを持って舞台袖で彦次郎と伴走した。音響プランナー（堂岡俊弘）の考えた工夫だが、私は後々まで知らなかった。どうりでいやにリアルであった。

※12：**手持ち無沙汰となった橋場は、しばし籐椅子に腰掛けたりしてみる。**　夕暮れ／ピアノの音／籐椅子に身をあずけている野球青年／その彼の心地よい疲労感／彼の空腹感／ライスカレーの匂い……なんと甘美で幸福な情景だろうかと思う。この情景を理不尽に踏みにじるものを、私（作者）は憎む。

※13：**エチオピアに文学なんてあるのか？**　この年の夏、エチオピアの皇族が日本女性の花嫁を募集してエチオピアという国名は巷間で何かと話題になっていたらしい。だから橋場もつい口をついて出たのである。それにしてもバカだなあ。

※14：**洒落た身なり。**　ダンスホールへの出勤前という設定で燕尾《えんび》服《ふく》姿の正装（ここでは上着

なし）にしたが、要は、前場がステテコ姿だったので見違えさせたかっただけである。それ以上の意味（必然性）はまったくない。けれども芝居というのはそういう地道な工夫の積み重ねだと思っている。

※15：しばし、感極まったように立ち止まる。 しつこいようだが、「原子核」という単語を発声しただけで胸がつまってしまうという彼らの生理を十分に想像して欲しい。例えば中学生くらいの頃、好きだった片思いの相手の名をそっと呼んでみただけで体がじんと痺《しび》れたような、そんな純情な経験はきっと誰にでもあるはずである。それが女の子の名前ではなく「原子核」というおよそ色気のない言葉であるところが、実にもう、人間ってしみじみ可笑しくて素晴らしいと私には思えるのだが。

※16：でも……ライスカレーですよ。 余談であるが、この戯曲を書いていた頃、妻は別の仕事で家におらず、わが書生の鈴木哲也に何度も大量のカレーを作らせて、食事はすべてカレーライスで済ませていた。栄養もあるし、温めればすぐに食べられるので時間の節約にもなる。何より美味《おい》しい。「オレはカレーが好きでね。三日間ずっとカレーだって平気だね」などと得意気に話してる者は恐れ入るがいい。私と鈴木は一カ月間で間違いなく連続して百皿ずつは食べた。そして太った。

※17：腹いっぱい食うことばかりに（中略）ふくれた胃袋なんかよりずっと高尚なものなんだッ。

岩波文庫刊『どん底』中村白葉訳を参考にした。

※18：**作者の田中が聞いたら、お前、絞め殺されてるぞ。**　実際『おふくろ』が初演された時（一九三三年、田村秋子主演で築地座にて）、芝居を観てそんな告白をする青年がいて、作者の田中千禾夫《ちかお》さんはガッカリしたそうです。その気持ち痛いほどわかる、って私になんかかわられたくないか。

※19：**昨年アンダーソンによって（中略）作られるものなんですが……**　以下の友田の台詞は、元々はすべて谷川を何とか慰めたいという優しい感情から発しているものである。そのような感情をこの物理学用語満載の台詞にきちんとのせられるかどうかが、この芝居の最大のポイントであるといっていい。

※20：**ロールスロイスのファントムってやつだな。**　本当はどんな車か私も知らない。響きがモノ凄そうなので選んだ名前。

※21：**一度、お屋敷の方へ訪ねていらっしゃい。**　この一連で富佐子というのがとんでもない喰わせ者であるということが決定づけられると思う。でもあくまでトボけてそ知らぬ顔で演じていただきたい。

※22：**永滝元太郎って……あの横須賀の造船王じゃないですか？**　私が主宰する劇団M．O．P．に在籍する実在の人物の名前。響きが偉そうなので拝借した。造船王なんかであるわけがな

い。実在する本人は名前に似合わず、忍者ハットリくんにそっくりな顔をしている。どうでもいいことだが。

※23：**カレーまみれになった桐子が、カレーまみれになったボールを持って出て来る。**　玉ジャクシにカレーまみれのボールをのせて出て来るのだが、この時どうしてもボールから湯気が出ていたくて、舞台に出る直前に熱湯につけてみた。一度でボールが溶けてズルズルになってしまったが、でもたしかに湯気は出ていた。観客の何人が気づいたかは疑問だが。しかし何度も言うようだが、このようなささやかな工夫の集積こそが観客をエンターテインするのである。こういうことをバカにしちゃいけない。余談になるが、芸術座の『本郷菊富士ホテル』という芝居を書いた時、風呂上がりの辻萬長さんの頭から湯気を出したいといって演出家の栗山民也さんが出番ギリギリまで辻さんの頭に熱い蒸しタオルをのせていた。見なさい。偉大な演出家の考えることは同じである。

※24：**海軍中尉の狩野良介が座っている。**　五月というと一般には衣替えの前であり、はたして正しいのかどうか分からないのだが、白い軍服を着用してもらった。私たちの世代では馴染みがうすくなってしまったが、軍人であるからには無駄な動きを排してその起居振る舞いは精一杯美しいものにしたい。実際に短剣なども帯びると、立ったり座ったりという単純な動作が意外に難しいものである。

※25：**二人、快調にビールを呑み始める。**　小道具ではノンアルコールのビールを使用するが、不味《まず》くて役者には不評。ハチミツ等を入れて美味しくする工夫も試したが最終的には却下した。色が薄くなり泡立ちも悪かったため。当然の話だが、飲んでウマいよりも観客からウマそうに見えることの方が百倍くらい大事である。それに本当にウマいビールは終演後に呑めばよいではないか。

※26：**先ほどの曲は、ホーギー・カーマイケルの『レイジー・リバー』ですね。**　名作『上海バンスキング』（斎藤憐・作）の登場人物白井中尉の台詞にそっくりなのがある。あんまりカッコ良かったのでパクったのである。斎藤さん、ごめんなさい。

※27：**私は……気づかなかったなァ。**　この台詞をしみじみと滑稽に聞かせるのはかなり難しい。登場人物たちの関係がそういう空気を醸《かも》すようになるまで稽古したい箇所である。

※28：**歌はフリなどもついてどんどん悪ノリしてゆく。**　誰かも言っていたが、こういうベタなギャグは変にてらわず大らかに堂々とやる心意気が肝心。

※29：**何故か尼僧姿となっている富佐子がいる。**　尼僧が下宿屋住まいをすることはあり得ない。もちろん富佐子はインチキ・シスターである。（と、そういうこともきちんと戯曲に書いておくようにと井上ひさしさんから教えていただいた）

※30：**「球史に残る一大不祥事」**　この話はすべてフィクションであり、東大野球部にこのよう

な不名誉な事件はありません。

※31：……**そうか。**　稽古中、橋場役の俳優はこの台詞に「なぜニセ学生だとバレたんだろう、やはりマダガスカルがまずかったのか、という気持ちもにじませてみました」と言った。そんなものは全然にじませなくてよろしい。

※32：**あの試合の実況放送の音声が重なってゆく。**　実況の声は関西在住の俳優川下大洋さんにやってもらった。テレビのナレーションでもおなじみの人であり、こういうのをやってもらうともうホレボレするほど上手い。

※33：**『二・二六事件』『盧溝橋事件』『ノモンハン事件』等々に……**　上演に際しては実況の音声が終わってそのまま休憩とし、第二幕の開演直前にテーマ音楽に乗せて当時のニュース音声などを流すことにした。

※34：**――幕。**　緞帳《どんちょう》は使用せず客電（客席側の照明）をつけただけ。緞帳については、使える劇場ではできるだけ使いたいというのが私の好みなのだが、実際には使用できないことの方が多い。

ところで、ここまで書き終えた時点で第一幕の四場面すべてが同じストーリー・パターンであることに気づいた。登場人物の一人が何らかの理由で落ち込んでいて、その人物が最後に少し癒《いや》されて終わるのだ。好きなパターンとはいえ、かなり画一的である。「何てこったい、このままじゃマズいぞ、何とかして違うパターンも作らねば」と内心かなりあせった。そのせいだろうか、ここで筆はピタリと止まり、稽古初日にはここまでしか台本が出来上がっていなかった。完成したのは初日の十日前である。

第二幕

一場

昭和十五年、十月の終わり。
小森が下宿を引き払う日である。おおかたの荷物をリヤカーに積み終わって、
小森、桐子、彦次郎、林田が玄関から入って来る。

彦次郎　（腰を押さえながら）イタタタタタ……
桐子　大丈夫？　お父さん。
彦次郎　何、大丈夫ですよ、これしきのこと。
小森　すみません、ご老体に無理をさせてまって。
林田　本を運ぶ時にはコツがあるんですよ。あんなにいちどきにたくさん持てば、誰だ

って腰をやります。
彦次郎　それ、先に言って欲しかったね。
小森　すみません。
桐子　いいんです、小森さんたちのせいじゃありませんわ。
彦次郎　でも何だね、友田さんの時にはこんなにたくさん本はなかったよ。小森君は勉強家なんだね。
小森　「悉《ことごと》く書を信ずるは、書無きに如《し》かず」[※35]です。友田さんのような本物の勉強家は本なんぞ読まんでも不平はないもんです。
彦次郎　なら、小森君だって早くその本物とやらにならなきゃ。イタタタ……
小森　（笑って）器の問題ですからなァ、こればかりは。
林田　でも、大家さんの獅子奮迅《ししふんじん》の働きのおかげでもうおおかたは片付いてしまいましたよ。後は、柳行李《やなぎごうり》が二つきりです。
小森　（彦次郎に）おかげで大いに助かりました。後はもう自分でやりますから。
桐子　そうよ、お父さんはもう母屋で休んでらっしゃい。
彦次郎　何ですよ、寄ってたかって人を年寄り扱いして。
桐子　だって年寄りじゃないの。

彦次郎　冗談じゃありませんよ、私ゃあと五十年は元気に生きるつもりなんだから。
林田　それじゃ百をゆうに越えちまいますね。
彦次郎　（ムッとして）越えちゃいけない理由でもあるのかい？
林田　そういうわけじゃありませんが、そりゃ少し不自然でしょう。
彦次郎　ええ？
小森　まァ、ええやないか、本人のつもりに過ぎんのやで。
彦次郎　小森君まで。
小森　あ、すみません。
桐子　とにかくそんなに長生きがしたいんなら、もう無理はしないの。
彦次郎　ふん、そこまで言われちゃ休むしかないね。ええ、ええ、休ませてもらいますともさ。アイタタタ……（腰を押さえながら母屋に去る）
桐子　何も喧嘩《けんか》腰で休むことはないでしょうに。（小森たちに）お茶でもいれて来ますわ。
林田　ああ、僕はもうこれで。
桐子　いいじゃありませんか、お茶くらい。
林田　夕刻までに長谷川伸先生の原稿をいただいて、社の方に戻らなければなりませんので。
小森　長谷川伸って『瞼《まぶた》の母』の？
林田　ええ。
小森　そりゃ凄いな、ありゃァええ小説や。
桐子　そうかしら。
小森　傑作やてッ、ねえ？
林田　ええ、まァ。あの、すみません、最後までお手伝い出来なくて。
小森　とんでもないよ。助かったよ。
林田　こっちもいい閑《ひま》つぶしになりました。今からもう一度伺《うかが》えば、ちょうど先生の原稿も書き上がった頃合でしょうし。
桐子　出版社の編集というのも大変なお仕事なのね。
小森　先生にも是非よろしく伝えてくれたまえ。次回作も楽しみにしておりますと。
林田　ええ、きっと伝えましょう。（桐子に）ああ、遅くなりますから晩メシは要りません。
桐子　はい。
林田　それじゃ、小森さん。どうぞ、お元気で。

小森　ありがとう。君もな。

林田、背広など着込みながら足早に出て行く。
外からは何処《どこ》かで歌われている『紀元二千六百年』が聞こえている。
――短い間。

桐子　……この下宿も寂《さび》しくなるわね。小森さんまで出てしまわれると。
小森　理研組で残ったのは武山さんだけか。
桐子　ええ。
小森　そう言えば、谷川さんもずいぶん長いな。特高に連れて行かれたのは八月の半ばくらいやったでしょう？　あれからもう二ヵ月以上だ。
桐子　本当にどうなってるのかしら。世の中が、だんだん悪い方へ悪い方へとばかり変わってゆくような気がするわ。
小森　理研もここ数年でずいぶん様変わりしましたよ。軍部からの委託研究が増えましてね、呑気《のんき》に基礎研究ばかりは続けてられんようになってまった。
桐子　先月、三国軍事同盟というのが出来たでしょう。日本も、いつかイギリスやアメ

小森　リカと戦争をするつもりなのかしら？
桐子　今すぐにというわけやないでしょうけど、いずれ起こる可能性はありますね。
小森　……ええ。

——短い間。

桐子　小森さんはこれから？
小森　大阪帝大の湯川研究室で働くことに。
桐子　そう。
小森　母も実家があちらなもんですから、岐阜から呼び寄せて一緒に暮らそうと思うとりゃす。
桐子　そうですか。それじゃ、せいぜい親孝行をなさって。
小森　（苦笑）華々しい成果も挙げられず、結局は都落ちですが。
桐子　そんなこと。
小森　僕を学校に通わせるについちゃ、母は一人でずいぶん苦労したんです。お世辞にも裕福とはいえん家でしたから。だからせめて、母のために、新聞に名前が出るほどの働きでも出来たらと考えておったんですがね……とんだ井の中の蛙《かわず》でした。
桐子　（笑って）昔、友田さんも同じことを言いましてよ。
小森　ええ？　友田さんが？
桐子　ええ、井の中の蛙だったたって。理研へ入られたばかりの頃。
小森　そうですか。
桐子　それがドイツにまで留学なさって、今度は東京文理科大学の教授にまでおなりだっていうんでしょう？　小森さんだって……
小森　（笑って）友田さんは格が違います。桐子さんには到底おわかりにならんやろうが、同業者の目で見てごらんなさい。時々、あの人が神様に見えますよ。
桐子　神様は大袈裟《おおげさ》だわ。
小森　僕は下宿に帰ってからでも猛烈に物理の本に読み耽《ふけ》ったもんです。けど、友田さんがそんなことをしとるのは見たことがないでしょう？　それでいて仕事となると、計算でも何でもスラスラと出来てまう。僕のように本を読んでもなかなかわからんのが通常の人間です。本を読まずに物理が出来るのは、これはもう神様や。僕なんかとは全然比較にならんです。

桐子　……

小森　別にそねんでるわけやありませんよ。人間が神様を羨《うらや》んでも仕方ないですからな。[※36]ま、これからもあちらで分相応な仕事を続けます。

――短い間。

桐子　……お茶をいれますわ。一休みしましょう。

小森　ええ、すみません。

桐子、母屋へ去って、小森は自分の部屋へ上がってゆく。

――短い間。

――と、玄関の方から犬の鳴き声と「やァ、ガロア、久しぶり」という声があって、ドイツ帰りでバリッとした出《い》で立ちの友田が入って来る。[※37]

――と、そこへ小森が柳行李を抱えて部屋から降りて来て、二人は鉢合わせの格好となる。

友田　やァ、小森君。
小森　（驚いて）友田さんッ。
友田　懐かしいな、この下宿に来たの、四年ぶりだよ。
小森　友田さんがライプチッヒに行って以来ですもんね。
友田　うん。去年こちらに帰って来てからも、いつも顔を出そうとは思うんだけれどね。
　何かと忙しくて、つい。
小森　この度は、文理科大学教授拝命、おめでとうございます。
友田　ありがとう。小森君もとうとう大阪帝大へ移るんだってね。（気づいて）あれ？
　何だい、もう今日が引っ越しなの？
小森　ええ。
友田　や、それは知らなかった。
小森　最近は西田研究室も人が増えて、友田さんとはすれ違ってばかりやったから。
友田　じゃ、おもての荷物は君のか？　どうりで古本屋のリヤカーみたようだと思った
　よ。
小森　ハハハ。
友田　相変わらず本の虫だね。

小森　なに、忘れることがのうならんように石炭を焼《く》べとるだけです。
友田　武山さんは？　いるのかい？
小森　一週間ばかり顔見とらんですね。例のサイクロトロンの始動実験がなかなか思うようにいかんでずっと泊まり込みです。「ポンポコポンノポン」ですよ。
友田　そうか……「ポンポコポンノポン」か。
小森　ええ。
友田　懐かしいな。（笑う）
小森　ええ。（笑う）

——短い間。

友田　そう言えば、停車場で林田君を見かけたけど。
小森　ああ、ご存じやなかったんですね。彼は、元の友田さんの部屋に住んどるんですよ。
友田　へえ。
小森　卒業してからは出版社に勤めとって。橋場君も、彼の紹介で今は印刷工です。元気にやっとりゃあすよ。
友田　そうか。
小森　ええ。

——と、桐子がお茶を持って戻って来る。

桐子　あら、友田さん。
友田　すっかりご無沙汰してます。近くまで来たものだから、ちょっとご挨拶に。
桐子　ご立派になられて。
友田　桐子さんこそ、いちだんとお奇麗になられた。(笑いながらお茶を取って飲む)
桐子　(気をのまれて)……どうも。
友田　今、小森君から朋輩《ほうばい》諸君の消息を聞いていたところで。お父上もお元気ですか？
桐子　ええ、おかげさまであと五十年は生きるのだそうです。
友田　それは結構。谷川さんは？　相変わらず無聊《ぶりよう》をかこちながら社会を憂《うれ》えてますか？
小森　警察に捕まりました。

友田　えェッ？　何をしたの？
桐子　何もしてないのに警察に捕まるのは昨今珍しくありませんわ。
小森　友田さん、ご存じないですか、例の「新劇事件」。
友田　ああ、この夏、新協劇団と新築地劇団が解散を発表したっていうあれだろ。谷川さん、あれで捕まっちまったの？
小森　ええ。
友田　だって、あれは劇団の自発的意志による解散だって新聞には出ていたよ。捕まる道理がないじゃないか。
小森　新聞記事の半分は、当局のでっち上げらしいです。
桐子　解散は、警察に強要されたものだそうです。
友田　それで谷川さんは？　無事なの？
小森　桐子さんの話では、元気そうでしたよね。
桐子　面会に行ったら、いろいろ無茶を言うのよ。着物のお太鼓にポケット瓶を忍ばせて来て、こっそりウィスキーを呑ませろとか。
友田　（笑って）そりゃ、谷川さんらしいや。[※38]
桐子　あの痩《や》せ我慢が続けてられるうちに出て来られたらいいけど。

——短い間。

友田　えーと、早坂さんは？　まだダンスホールでピアノを？
桐子　ええ。
友田　いや、ダンスホールってのはもう閉鎖されたんだっけ？
小森　今夜で、最後らしいです。
友田　今夜？
桐子　閉鎖猶予期間が今日までで。だから本日十月三十一日をもって、東京中のダンスホールは全部閉鎖になるらしいわ。
友田　うーん、それじゃ早坂さんもとうとう失業か。何だか、ここじゃ威勢の良くない話ばかりだな。
桐子・小森　……
友田　あれ、富佐子さんの部屋は今も空いたままなんだね。
桐子　その部屋、何故か下宿人が居着かないの。たいていは半年ももたなくて。
友田　へえ、不思議だね。

小森　富佐子さんが魔法かけてったんやないですかね。
友田　あり得るな。
桐子　科学者同士の会話とは思えない。
友田　まだあそこにいるのかな、ほら、あの北海道の何とかっていう修道院に。
小森　トラピストですか。
桐子　あの人にそんな根気があるのかしら？　今頃は宗旨変えして高野山にでもいそうな気がするわ。
小森　あり得るなァ。
友田　（陽気そうに）まァ、二度と会うことはないだろうけど、とにかく変わった人だったな。一種の傑物と言っていい。（煙草を取り出してくわえる）
桐子　（驚いて）友田さん、煙草をおのみになるの？
友田　ドイツですっかり味をしめましてね。今じゃこれなしでは勉強にも手がつかないという体《てい》たらくです。（きわめて格好よく煙草を吸う）

——短い間。

小森　どうですか、近頃、研究の方は？

友田　うん。最近やっと朧《おぼろ》げながらも形が見えてきたよ。今までは一面に薄く白いモヤがかかっていた僕の視界がね、朝の光によって、こう、少しずつ晴れていって、自分が歩いてゆくべき道が真っ直ぐにどこまでも向こうに伸びているのが、見えてきた感じなんだ。

小森　へえ。

友田　今、取り組んでるのは、平たく言えば、量子力学の原理を相対論的に電磁場に適用したものなんだが、きっとあと数年のうちには自分なりの理論としてまとめられると思うんだ。

小森　（明るく）そうですか。

友田　細かな計算にどれだけ時間がかかるかにもよるんだけど。

小森　では、友田さんも湯川博士に続いて、いよいよ世界的の一大理論を打ち立てようというわけですね。こりゃァ僕もますますもって鼻が高い。

――短い間。

友田　（小森の変わらぬ無邪気な尊敬を少々うとましく感じて）……正直に言ってね、湯川君の理論が出来た時には、してやられたな、という感情を抑えることが出来なかったよ。その成功に羨望《せんぼう》の念を禁じ得なかった。あの頃は、くやしくてくやしくて、夜も眠れなかった。人間なんて実にあさましいものだね。……だけど、ライプチッヒの学生ハイムで僕は少し生まれ変わったような気がするんだよ。そう、あの異国の地でたった独《ひと》りきり、何日もぶっ通しで物理のことを考えつめてたら、ある時突然、ほんの気紛《きまぐ》れといった感じで小さなインスピレーションがやって来た。それが今の仕事のヒントとなったものなんだが……それは本当に、最初は、小さな小さな光なんだよ。でも、僕にはわかったんだ。これだ。この光を見たんだ。ニュートンもアインシュタインも、そして恐らくは、湯川君も。

小森　光……ですか。

友田　そう。……こういう言い方は気の毒だが、それは、誰にでも見える光というわけではないんだ。真摯《しんし》にその光を求め続け、あらゆる努力研鑽《けんさん》を厭《いと》わず、あらゆる七転八倒を繰り返し、それでもなお求め続ける者たち数百人のうち、そのうちのやっと一人が見ることを許されるかどうかというくらいの、それは恐らく、そういう光なんだと僕は直感した。

桐子　その光が友田さんには見えたのね？
友田　ええ。
桐子　素晴らしい自信だわ。[※39]
友田　自信？　……そう、確かに昔に比べれば、自信だって少しはつきました。けれど、これはそういう話じゃないんです。物理学というのはそういう学問なんだということなんです。つまり、仮説であれ定説であれ物理学上の真理というのは、それは言ってみれば、引き出しの奥に仕舞われた未開封の手紙のようなものです。それは、いつか発見されるべき時が来れば、ごく自然に、呆気ないくらい簡単に発見されるんです。けれど、片っ端から引き出しを開けてみたとて、その中に必ず手紙が隠されているとは限らない。千人の物理学者が千個[※40]の引き出しを開けて、見つかる手紙は一通かそこいらなんです。つまり、その……
小森　その、小さな光が見えるかどうか。
友田　そう。それこそが大事なことなんだ。本当に気紛れなインスピレーション。どの引き出しに答えが隠されているかを示してくれる小さな光。それを（頭を指す）この中に迎えることが出来るかどうかに全てがかかってるんだ。

——短い間。

友田は、このイライラとした長広舌《ちょうこうぜつ》の間にくわえた何本目かの煙草に火をつける。

小森　……僕には、一生、その光は拝めそうにないな。

桐子　そんなこと、まだわかるもんですか。ねえ、友田さん？

友田　いいえ、見えないかも知れません。

桐子　……

友田　単純に確率の問題です。確率として低いであろうことは否定出来ません。

小森　……

友田　（微笑んで）だが同時に、それは少しも悲観すべき事柄じゃないんだよ。それはちょうど優秀な演奏家が、即ち全て偉大な作曲家ではないというのと同じだよ。でも、素晴らしいシンフォニーが演奏されるためには、その両方が必要なんだからね。だから、小森君は小森君の仕事をしてゆけば、それでいいんだと思う。たとえ物理学におけるめざましい新発見や華やかな功績とは無縁であっても、それは仕方ない。

——短い間。

小森　……そうですね。
桐子　……
友田　時に残酷な一面もあるよ。僕たちの仕事にはね。
小森　ええ。
桐子　……友田さん、ずいぶんお変わりになったわ。
友田　そうですか。
桐子　以前の友田さんの方が……好きでした。

——短い間。

友田　手厳しいな。
桐子　事実ですもの。

——間。

友田　（静かに）一昨年、僕がドイツにいた頃、オットー・ハーンによる人類初の原子核分裂発見のニュースを聞きました。[※41] そのニュースが世界中をかけ巡ったと思う間もなく、フランスのジョリオ・キューリー夫妻が、続いてすぐにアメリカでフェルミが、ウランの原子核に一個の中性子が飛び込んで二つに分裂する時、中からさらに中性子が飛び出すことを発見した。つまり、原子核分裂には連鎖反応が起こり得ることを示したんです。このことは理論的に超強力な……たとえば、原子爆弾といったものの作製が可能であることを意味します。……いいですか。それは僕たち人間が、かつてこの地球上で経験したことのないほどの巨大なエネルギーを手に入れるということなんです。……それが、もはや夢じゃない。そんなことが現実になりつつあるんです。ここから先に踏み込もうとすることは、もしかしたら……万に一つ、悪魔に魂を売るようなことなのかも知れない。それを思うと、たまらなく恐《こわ》くなる時があります。いつまでも無邪気なままではいられませんよ。……僕の仕事とは、そういう仕事なんです。

桐子　……

友田　時々……小森君の方こそ羨ましいと思う時があります。

小森　……友田さん。
友田　単純に確率の問題だよ。人間としての道を過《あやま》る確率は……僕の方が高いんじゃないか。そんな気がするんだよ。（と、沈み込んでしまう）
——間。
——と、玄関で激しく犬の吠える声がする。
桐子　誰か来たのかしら？　（玄関に出て行こうとする）
——と、「僕だよ、ガロア。忘れちまったのかい？」という富佐子の声。
小森　（驚いて）あの声は。
桐子　富佐子さん？
友田　！　……
鞄をさげて、男装の麗人となった富佐子が、颯爽《さっそう》と入って来る。

富佐子　うわァ、この香り。おいおい、誰だい、ホープなんて吸ってる気障《きざ》な奴は※42？
小森　富佐子さん。
富佐子　僕にも一本恵んでくれないか。
　友田、慌てて煙草を勧めてやり、火をつけてやる。
　小森と桐子も呆気に取られて、それを見守る格好となる。
富佐子　（ぷうッと紫煙を吐き出して）やァ、みなさん、ご無沙汰でした。でも今は富佐子じゃない。「月子」だよ。（と、名刺を出す）
桐子　（読んで）「水之江《みずのえ》月子」？
富佐子　ファンの人たちには「ツッキー」と呼ばれてる。
小森　ツッキーって……芸名ですか？
富佐子　この二年ばかりは満州を廻ってたのさ。こう見えても、あっちじゃちょっとしたスターなんだぜ。ああ、良かった、僕の部屋はまだ空いてるようだね。
小森　（名刺を読んで）「躍進大満州娯楽演芸隊」……

富佐子　昔取ったキネヅカでね、歌と踊りでお国にご奉公申し上げてる次第さ。（桐子に）来年早々にはまた向こうへ渡るつもりだけど、ふた月ほどおいてもらいますんで、よろしく。[※43]

富佐子、さっさと部屋に引っ込む。
――短い間。

小森　（感心して）……いやァ、変われば変わるもんだなァ。
友田　名前まで変わったとはね。
桐子　いいえ。（苦々しく）この人がいちばん変わってないわ。

その言葉に、思わず顔を見合わす友田と小森、やがて苦笑して、
――暗転。

二場

昭和十七年、三月の夜。ひどい雨音と風の音。
談話室には、喪服姿の林田と学生服姿の橋場が椅子に腰を下ろして、少々疲れた様子。母屋からは、低く読経の声が聞こえている。

林田　喪服。
橋場　うん？
林田　持ってなかったのか。
橋場　うん。
林田　会社の誰かに借りて来てやればよかったな。
橋場　いいよ、これで。
林田　そうか。でも……
橋場　別に俺自身は拘《こだわ》ってないから。

林田 ……それならいいけど。

——短い間。

橋場 風、凄いな。
林田 うん、春一番てやつだろう。※44
橋場 雨も止みそうにない。
林田 こんな日にお通夜ってのも、何だかな。
橋場 うん。
林田 辛気くさくっていけない。
橋場 可哀想だよ。
林田 うん?
橋場 桐子さんが。
林田 あの人が、あんなに泣くだなんてビックリしたな。
橋場 うん。
林田 でも……仕方ないよ。寿命だもの。

橋場　うん。
林田　こういうのは、仕方ないよ。
橋場　……そうだな。

——短い間。

林田　お前の入営前ってのは、ちょっと縁起悪いけどな。
橋場　うん、そうだけど、まァ。
林田　仕方ないんだけどな。
橋場　うん。
林田　いつだっけか？
橋場　一週間後。実家が豊橋だから、名古屋の方の連隊に。
林田　そうか。
橋場　うん。
林田　お前……死ぬなよ。
橋場　（笑って）死にゃあせんよ。

林田　うん。
橋場　帰って来たら、またやろう。
林田　うん？
橋場　キャッチボール。
林田　ああ、やろう。

　　　　――短い間。

橋場　早坂さん、今頃どの辺りかな？
林田　水之江月子の伴奏で、今日は大連、明日は新京の旅の空だからなァ。
橋場　向こうで会えたら面白いな。
林田　呑気だな、お前は。
橋場　フフフ。
林田　……おい。
橋場　うん？
林田　今度の戦争で死んだら、馬鹿馬鹿しいぞ。

橋場　わかってるって。死んだらキャッチボールも出来ゃせんでの。
林田　……うん。

——短い間。遠雷の音など……

林田　（母屋を見て）しかし、滅入《めい》るよなァ。
橋場　うん。死んじまうとはなァ……ガロアが。

——と、そこへ武山と狩野が話しながら玄関より入って来る。

武山　いやー、ひでえ降りだな。しかし驚きだよ。お前と歩いてると、こんな雨の中でも、すれ違う奴がみんな頭下げてくんだから。やっぱり日本の海軍は偉いよ。緒戦は完全にものにしたじゃないか。
狩野　うむ……
武山　真珠湾でやっつけちまって、これで何だ、もう敵の艦隊は半分くらいしか残ってないんじゃないのか？

狩野　まさか。アメリカやイギリス相手に今までが好運だったんだ。これからが正念場だよ。
武山　そうか。（読経に気づいて）……あれ？
林田　お帰りなさい。武山さん、ちょうど良かったです。
武山　何だい、これ？
橋場　お通夜です。武山さんも行ってあげて下さい、ご焼香。
武山　（驚いて）おい、いつだよ？
橋場　昨日の夜遅くです。
武山　だって……ええ？　俺が最後に会った時には、まだピンピンしてたぜ。
林田　四、五日前に風邪を引いたようだとか言ってたんですが、その後はもう呆気ないくらい急に。
武山　嘘だろ。
林田　まァ、歳も歳でしたし。
武山　そりゃそうだけど。
橋場　とにかく桐子さんが可哀想で、見ちゃおれんです。
武山　（狩野に）すまん、俺、着替えて来るわ。

狩野　うむ。
武山　お前、どうする？　場所を変えるか？
狩野　いや、無理を言って悪いが、非公式な用件なので人の目に立ちたくないんだ。やはり、ここで。
武山　そうか。じゃ、先生が来たら俺の部屋を使え。
狩野　ありがとう。

武山、自室へ引っ込む。狩野、橋場と林田にすすめられて椅子に座る。
読経の声、終わる。

狩野　立ち入ったことをお尋ねするが。
林田　何でしょう？
狩野　桐子さんは、まだこの家に？
林田　ええ。
狩野　その……ご結婚というようなことは？
橋場　してませんよ。ずっと独りです。

——短い間。

狩野　……そうですか。
橋場　一度、この下宿に住んでる谷川さんという人が、桐子さんにプロポーズしたことがあったんですが。
狩野　うむ。
橋場　ケンもホロロに断られてました。
狩野　ほう。
林田　ありゃァ誰か「心ニ秘メタル人ノアリ」と僕はふんでますがね。
橋場　そうなのか。
林田　決まってら。
狩野　……

——と、母屋から谷川が出て来る。上等なものではないが、とりあえずは喪装であり、通夜酒で少々微醺《びくん》を帯びている。※45

谷川　おい、何くだらねえ油売ってやがんだ。
橋場　すみません。
谷川　奥に行って坊主に茶ぐらいくんでやれ。あの娘はショックで、しばらく使い物にゃならんのだから。
林田　はい。
谷川　お、懐かしいじゃねえかよ、橋場。
橋場　は？
谷川　学生服だよ。
橋場　喪服、ないもんで。
谷川　そうか、役に立って良かったな。やっとくもんだよなァ、ニセ学生ってのも。
橋場　……ええ、まァ。
林田　行こう。
橋場　うん。

林田と橋場、母屋へ去る。

谷川　（狩野にふにゃりと敬礼して）ハワイ及びマレー沖における大戦果、まことにご苦労様でした。
狩野　武山君の友人で、狩野と申します。
谷川　谷川です。一介の民衆芸術家ですが、国家にとっちゃ看過《かんか》すべからざる大悪人らしい。今は、保釈中の身の上です。

——短い間。

狩野　今日はとんだところにお邪魔してしまって。
谷川　何、寿命です。自然界の理《ことわり》です。本来ならこんなに大騒ぎすることっちゃないんですがね。どうも、人間という奴ァ仕方がない。
狩野　しかし。
谷川　何です？
狩野　桐子さんのご心中は、察するにあまりあります。
谷川　（鼻で笑って）そりゃそうかも知れんが……こりゃ、いささか大袈裟ですな。

狩野　（ムッとして）大袈裟？　そんなことはないでしょう。
谷川　そうかな。（母屋を指して）坊主まで呼んで、経をあげて。
狩野　普通するでしょう。
谷川　普通……ですかね？
狩野　ええ。
谷川　まァ、家族同然だったと言えば言えるけど。
狩野　同然どころか、家族じゃないかッ。
谷川　いやに力《りき》むなァ。見たことあるんですか？
狩野　ええ。以前、一度だけ。

——短い間。

谷川　あれ？　……もしかしたら。
狩野　？
谷川　大尉殿は、昔、桐子と見合いをなさったたっちゅう御仁ですかな？
狩野　……ええ。

——短い間。

谷川　……そうか。あんたが。

狩野　……

谷川　ならば、俺など無用の長物だ。今宵《こよい》、嘆きの姫をお慰めする役回りはご貴殿をおいて他にはない。

狩野　しかし、私は……今さらお会い出来る義理ではありません。

谷川　ハハハ、そうツレないことは言わずにだ。まァ、その顔を見せておやんなさい。俺ァ、これで晴れてお役御免だ。（薄笑いしながら出てゆく）

狩野　おい、君。

——と、喪服に着替えた武山が部屋から降りて来る。

武山　参ったな、俺、こういうの苦手なんだよ。

狩野　得意なやつなどおらんよ。

武山　どんな顔すりゃいいんだよ、まったく。おい、焼香ってどうやるんだっけ？
狩野　え？　だから、こうして、こうやってだな……（教える）

ギクリとする二人。
——と、桐子がハンカチで目頭など押さえながら入って来る。

狩野　……
武山　あ、あの……今からご焼香に。
桐子　……ありがとう、武山さん。
武山　その、何です、この度は、どうも、まことに急なことで。
桐子　……（狩野に気づく）

——短い間。

狩野　しばらくです。お忘れかも知れませんが。
桐子　忘れるはずなどございません。

狩野　……
桐子　お久しぶりです。お元気そうで。
狩野　はい。
桐子　ハワイ・マレー沖の大勝利、おめでとうございます。
狩野　いえ。そんなことより……あの。
桐子　はい。
狩野　私がこんなことを申し上げてはお腹立ちかも知れませんが……
桐子　……
狩野　この度のこと、まことにご愁傷様でした。（頭を下げる）
武山　本当に、ご愁傷様でした。（頭を下げる）

——短い間。

桐子　……いいえ。これしきのことで取り乱して、申し訳なく思っております。兵隊さんたちは、皆さん命がけで戦ってらっしゃるのに。
狩野　（大いに感じ入って）何と……殊勝なお心掛けだ。

——短い間。

桐子　そんな……かえって恐縮いたします。
狩野　ご立派だ。
桐子　そんな。
狩野　桐子さんの言葉を聞いて、お父上もきっとお喜びのことと思います。
桐子　父が？
狩野　ええ。
桐子　……なぜ[※46]？
狩野　なぜ……と言われましても。（武山に）なァ？
武山　ええ、大家さんも今頃は草葉の陰で……

——と、母屋から彦次郎の「おおい、桐子」という声。

桐子　（応えて）なァに？

狩野・武山　ハグッ！　（絶句）
彦次郎　（出て来て）お茶じゃなくてさ、ご住職様にも酒を出した方がよかァないかね？
桐子　私がするわ。
彦次郎　（狩野に気づいて）あッ、あなた……
狩野　……（絶句したまま）
彦次郎　えーと、と、と……（名前が思い出せない）
桐子　狩野良介さん。
彦次郎　ああ、そうだそうだ、狩野さんだ。ねえ？　懐かしいなァ。

——短い間。

狩野　（搾《しぼ》り出すように）……し、しばらくです。……その節はどうも。
彦次郎　今日は何です？　まさか、わざわざガロアのために？
狩野・武山　（小さく）ガロアだったのかァ……
彦次郎　何？　どうしたの？

狩野　いや、何でもありません。とにかく……良かった。
彦次郎　はァ？
武山　本当だ、良かった良かった。ハハハ……
狩野　ハハハ。
桐子　何が良かったんです？
狩野　あ、いえ。
桐子　ガロアが死んで、何がそんなに良かったんですかッ？
狩野・武山　……

――と、そこへ玄関から「武山君、いますか？」という西田の声。

武山　（玄関に向かって）あ……どうぞ、こちらに上がって下さい。
彦次郎　お客さんかい？
狩野　理研の西田博士です。本日火急の用件がございまして、ここでお目にかかれるよう武山君に仲介の労を取ってもらったんです。
彦次郎　へえ。

西田　（入って来るなり）いやァ、今日は入り口にあの凶暴な犬がおらんので助かったよ。良かった良かった、本当に良かった。
一同　……
西田　（桐子たちに）や、どうも、お邪魔をいたします。西田と申します。

――短い間。

桐子　……いらっしゃいませ。どうぞ、ごゆっくり。（踵を返して、母屋に去る）
武山　（慌ててその後を追いながら）あの人は特別だから。ねえ、ちょっと聞いて。俺の話もちょっと聞いてみよう、ね？　（そのまま母屋に去る）
西田　？
彦次郎　（狩野に小声で）かなり怒ってますよ、アレは。（西田に）どうぞ、むさ苦しい所ですが、ごゆっくり。（母屋に去る）
西田　どうも。（狩野に）……何かあったのですか？
狩野　いえ、大したことではありません。――ああ、申し遅れました。私は理科大で武山君と同期だった狩野良介と申します。

西田　西田義男です。
狩野　悪天候の中をこのような場所にまでご足労願いましたことをお詫びいたします。本日は非公式にですが、緊急に先生にご相談申し上げたい儀がございまして、ご無理を申しました。では、武山君の部屋へ。
西田　（椅子に腰を下ろして）いや、もうここでいいでしょう。実は、表に車を待たせてあるんです。用件も察しがついておりますし、手短にまいりましょう。
狩野　しかし、これから私がご相談申し上げる事柄は、非公式とはいえ、我が艦政本部の意向であり、重大機密事項にも属しますので。
西田　陸軍に知られてはまずいというわけですね？
狩野　……
西田　それで、わざわざこんな場所でね。
狩野　……恐れ入ります。
　　　——短い間。
西田　私は一介の科学者ですから、政治のことも軍の内情についても詳しくは存じません。同じ日本国の軍隊でありながら、どうして陸軍と海軍がそれほどまでに仲が悪いのか、その理由にも別段興味はありません。ですから、ただ事実に即してのみ、お話しいたします。あなたがお尋ねになりたいのは、恐らく、原子爆弾のことについてだと思われますが。

狩野　(遮《さえぎ》って) 先生ッ。

西田　「理研でこれを作れるか」というお尋ねならば、実は……昨年すでに陸軍航空技研の安田中将より受けております。

狩野　……そうでしたか。

西田　そこで、これに対する私の見解をお話しいたします。

狩野　(慌てて) お待ち下さい、そのお話は、どうか二階で。

西田　コソコソするのは嫌いですッ。正直に申し上げるが、表で待っているのは陸軍の車です。これから市ヶ谷の航空本部に行って同じことを喋《しゃべ》らにゃならんのです。だから、同じことです。

狩野　……

西田　よろしいですか。では、要点のみ申し上げます。「一、原子爆弾なる兵器が世界に出現する可能性はあるか?」……答え。あります。可能性のみを云々《うんぬん》するならば百パーセント出現すると断言してもよいでしょう。「二、では、理研において原子爆弾の開発製造が可能であるか？」……答え。可能です。原子核物理における我々の理論研究及び技術水準は、欧米に比しても何ら遜色《そんしょく》のないものと自負しております。彼等に出来るものは、必ず我々にも出来ます。「三、では、そのために必要なものは何か？」……答え。膨大な研究費とウラニウム鉱石です。爆弾の原料となるウランを含有した鉱石は日本にはありません。どこか外国の鉱山からこれを確保する必要があります。そして、とにかく一にも二にも金です。原子核物理の実験には、悲しいかな、あなたがたの想像を絶するような莫大な金がかかります。しかし、もし、この潤沢な研究予算とウランの原料さえ与えていただければ、爆弾は必ずや作ってお目にかけます。以上。（立ち上がる）……質問がなければ、これで失礼いたしたいのですが。

狩野　（静かに）質問はあります。

西田　はい。

狩野　もっとも……肝心なことです。

西田　どうぞ。

狩野　昨年より『フィジカル・レビュー』をはじめ世界の科学雑誌から「原子力」に関

する一切の記事が一斉に消えました。これは、恐らく……世界中の国が原子爆弾の研究に着手しているものと考えるべきなのでしょうな？

西田　……爆弾という形であれ原子炉という形であれ、とにかく核内エネルギーを自らの手で解放させてみたいというのが、世界中全ての原子核物理学者が抱いている野望なんだということは知っておいて下さい。[※47]

狩野　……

西田　戦時下であることを鑑《かんが》みても、おっしゃる通り、爆弾として研究が始まっていると考えるべきでしょうな。

狩野　それで、これがもっとも重要な質問なんですが……

西田　はい。

狩野　どこかの国で、その研究が、今次大戦に間に合ってしまう可能性については？

——間。

西田　（苦しそうに）……限りなく、ゼロに近いと思われます。

狩野　本当でしょうかッ？

西田　ええ。我々に出来ないものは、向こうにだって出来ません。

――間。……再び、遠雷の音など。

狩野　……それを聞いて安心しました。

西田　ただし……これだけは覚えておいて下さい。実験に使用する真空ポンプを注文すれば、この国では我々の手元に届くまでに半年かかりますが、アメリカならば、電話一本で翌日に届きます。

狩野　……

西田　日本は、そういう国を相手に戦争を始めたんです。……失礼します。（出て行く）

――間。

狩野も外套など羽織《はお》って帰り支度を始める。

――と、桐子が出て来る。

桐子　……先程は失礼しました。[※48]
狩野　……いえ。

　　　——短い間。

桐子　……また、いらして下さい。
狩野　……はい。また、来ます。

　　　向き合ったままの二人を、降り続く雨の音が包み込んで……
　　　——暗転。

三場

　　　優しい音楽。[※49]
　　　——この場は、『平和館』の幻想の一日である。

【朝】

朝の光。[※50]夏だ。気の早い蟬が表で鳴き始めている。

今日も一日、暑くなりそうだ。

——と、玄関からやって来た学生服姿の林田が橋場の部屋に声をかける。

林田　橋場、遅れちまうぞ。

橋場　今行くよ。

林田　おう。

林田が出て行くと、母屋から朝刊を手に彦次郎が出て来る。

彦次郎　（朝刊を籐椅子に置いて）あ、そうだ。お茶を忘れたよ。

彦次郎が母屋に戻ってゆくと、富佐子が出て来て流し台で歯を磨き始める。

同時にユニフォーム姿の橋場が自室から降りて来て玄関へ。

——と、犬の鳴き声に続いて武山の声。

武山の声　俺だよ、もう。吠えるなって、この馬鹿犬ッ。
橋場の声　お早うございます。
武山の声　何だ、今から朝練か。
橋場の声　はいッ、行って来ます。

この間に、歯ブラシをくわえた富佐子は彦次郎の置いていった新聞を持って自室に戻る。
——と、武山が入って来る。

武山　（母屋に向かって）桐子さん、今日の晩メシ何？
桐子の声　（母屋より）メザシとお新香ですけど。
武山　聞いた私が馬鹿でした。（上がってゆく）

——と、活け花の鉢を抱えて神妙な顔つきの友田が出て来る。

友田　あ、武山さん、今帰りですか？
武山　おう、今から死んだように眠ってやるから、帰って来たら晩メシ前に起こしてくれ。
友田　はァい。
　武山、自室に引っ込み、友田は階下へ。
　この間に、早坂が出て来て便所の戸を叩いている。
早坂　コラ、いつまで入っとんねん。はよ出んかい。
　「あ、すいません」と中から声があって、本を片手に小森が便所より出る。
　同時に富佐子、再び出て、流し台で口をすすぐ。
小森　(本を見せて)すいません、つい夢中になってまって。
早坂　アホ。

小森　あ、足が痺《しび》れてガクガクする。
早坂　（それを見て小森の足を突っつく）
小森　はうッ。（痺れる）
早坂　ほんまアホやな。（便所に入る）

それを見ていた富佐子も小森の足を突っつく。

小森　はうッ。

――と、テーブルの上でいろいろと角度を変えてみたりと、活け花のセッティングに余念のなかった友田が小森に声をかける。その間に、富佐子は自室に戻る。

友田　お早う、小森君。何やってるの？
小森　いえ、ちょっと痺れてまして……また活け花ですか。
友田　うん、疲れた頭を休めるには無心に花と戯《たわむ》れるのが一番だからね。

小森　なるほど。
友田　（立ち上がって）で、どうなった？　例のトリトンの結合エネルギーの問題は。
小森　あれ、先生がどうしても数値計算でやれって言うんで弱っとるんです。とうてい無理やて言うても、先生承知してくれませんからね。
友田　（笑いながら）コツがあるんだよ、オヤジを説得するのには。
小森　コツですか？

以下、友田が説明しながら、二人は玄関へ。よほど痺れているのか、小森の歩き方はぎこちない。

友田　ええか。数値計算をやると、六重積分でやらんならんやろ？
小森　はい。
友田　すると例えば、カーブを画くには少なくとも三つの点がいる。そうすると全体で三の六乗の点がいる。一つの点を計算するのに時間がどれくらいかかる。紙が何枚いる。そうすると全体でこんなに大変な時間と紙がいると、ま、そういうふうに理屈でもってくわけや。※51

小森　なるほど。
友田　すると、さすがのオヤジもそれは無理やとあきらめてくれるわ。
小森　いや、さすがは友田さんだ。これは良いことを聞いた。

などと話しながら、二人が出て行く。

友田の声　なんや、まだ痺れとんのかいな、足。
小森の声　はうッ。

二人と入れ違うように、彦次郎がお茶を持って戻って来る。テーブルの上の活け花を見つけると、お茶をテーブルに置いて、活け花を持って母屋に戻る。

彦次郎　(苦々しげに) 冗談じゃありませんよ、朝っぱらからこんな無気味なもの。

――と、早坂、便所から出て来て彦次郎のお茶を持って自室に戻る。
彦次郎、戻って来ると新聞もお茶もない。

彦次郎　あれェ？　おおーい、桐子、私の新聞知らないか？

彦次郎が首を傾げながら母屋へ消えると、新聞を読みながら富佐子が出て来る。[※52]

富佐子、熱心に一つの記事を読んでいたが……

富佐子　……ねえ、ちょっとした儲《もう》け話なんだけど、誰か一口乗る？

返事はない。

富佐子　配当は五十倍だって。

――と、早坂と谷川が同時に顔を出す。

また別の蝉が鳴き始めた。

――暗転。

【昼】

明るい陽射し。冬の初め。
ライプチッヒ留学に旅立たんとする友田を見送る人々。
武山、小森、桐子、彦次郎、谷川、橋場、林田。みんな晴れ晴れと笑っている。
けれど……少し寂しそうでもある。

友田　それじゃみなさん、本当に長いことお世話になりました。
桐子　ドイツに行っても、どうぞ、お元気で。
友田　ありがとう。
橋場　この下宿のこと忘れないで下さいね。
友田　忘れるもんか。
彦次郎　何だか寂しくなっちまうねえ。どうあってもドイツくんだりまで行かなくちゃ出来ないのかい？　友田さんのやってる勉強は。
小森　ライプチッヒ大学のハイゼンベルク教授というのは原子核理論の世界的な指導者

でして、その薫陶《くんとう》を直接受けられるってのは、こりゃ凄いことなんです。

友田　実は、自分でもずいぶん迷ってたんですが、西田先生からは是が非でも行って来いと強くすすめられまして、（笑って）何だか無理矢理。

桐子　それだけ期待なさっておいでなんですよ、友田さんに。

小森　そうですよ。

桐子　頑張って来て下さいね。

友田　はい。

武山　しかし友田も思い切ったよなァ、ドイツに行ったらみんなドイツ語で喋るんだぞ。

谷川　当たり前じゃねえかよ。

武山　どうすんだ、お前。酒屋のバアさんだって呑み屋の女将《おかみ》だって、きっとみんなドイツ語だぞ。

友田　それ言われると憂鬱《ゆううつ》になるな。

谷川　馬鹿野郎、お前はもっと酒を控えなくちゃいかん。言葉が通じねえくらいがちょうどいいんだ。

林田　それじゃここで、記念にみなさんの写真を撮りましょう。

彦次郎　ああ、それいいね。じゃ、友田さんを囲んでね。[※53]

橋場　（早坂の部屋に声をかける）早坂さん、起きてますか？　みんなで友田さん壮行の記念写真を撮るんですけど、早坂さんもどうですか？

——短い間。

谷川　フテ寝してんじゃねえのか。大負けして。
武山　あり得るな。

——と、早坂、出て来る。

早坂　（金を差し出して）友田君、裸で悪いけど餞別《せんべつ》や。
友田　そんな。
早坂　いや、昨夜は大勝ちしたさかい。気にせんといて。
谷川　（小声で）ククク、無理しちゃって。
早坂　（ポケットからさらに金を出して）もう一枚オマケしとこ。
友田　いやァ……

武山　貰っとけ貰っとけ、かさばるモノじゃなし。
友田　ありがとうございます。
小森　（富佐子の部屋に）富佐子さん。富佐子さんも一緒に写真に写りませんか？
谷川　（小声で）おい、そいつは放っとけ。
小森　でも。
武山　また小羊さん小羊さんとかわけわかんないこと言い出すぞ。
友田　いいよ、せっかくだからみんなで写りましょうよ。
武山　だって、お前……

——と、シスター姿の富佐子が出て来る。

富佐子　（友田に）ライプチッヒにいらっしゃるそうね？
友田　はい。あの……長いことお世話になりました。
富佐子　（首からロザリオを外して）これはリュウベックからいらしたマルチン・カストルプ神父にいただいたものです。どうぞ、持ってらして下さい。
友田　いいえ、そんな大切なものを……

富佐子　よろしいの。ドイツ製のロザリオだもの。きっと向こうでご利益があってよ。
友田　（受け取って）……これは、どうも。ありがとうございます。
富佐子　（微笑む）
林田　さァ、撮りますよ。みなさん、このレンズを見て下さい。

　一同、並んでポーズを取ったところで、

富佐子　（友田に）二十円で結構です。

　一同、「おいッ！」という顔で富佐子を見ると、その瞬間にシャッターが押されてしまい、……出来上がったのは何とも間抜けな写真。※54
　――暗転。
　その闇の中から、やがて……開戦を告げる大本営発表のニュースが聞こえてくる。

【夕暮れ】

春の夕暮れ。庭の桜花が散っている。
出征した橋場が、いよいよ明日は外地に旅立とうという日。
前景と同じように林田がカメラを構えている。
神妙な顔をした兵隊姿の橋場を囲んで、彦次郎、桐子、狩野、武山がいる。[※55]

橋場　(林田がなかなかシャッターを押さないので) ……どうしたんだよ、林田？
林田　うん？　……いや、何でもない。
橋場　(笑って) 早く撮ってくれよ。
林田　……
橋場　おい、林田。

——間。

林田　橋場。お前、逃げろよ。
橋場　え？
林田　上官の命令なんか聞かなくたっていいッ。危ないと思ったら鉄砲なんか捨てて、さっさと逃げろッ。こんな戦争で死んだら馬鹿馬鹿しいや。
狩野　（立ち上がって）おい、君ッ。
林田　アメリカ軍なら捕虜を殺したりしない。白旗振って投降して、戦争が終わるまで向こうに匿《かくま》ってもらえ。
彦次郎　（慌てて）林田君。
狩野　馬鹿者ッ、これから死地に赴《おもむ》かんとする皇軍兵士に向かって何ということを言うかッ。※56
桐子　林田さん、どうなさったの？
林田　……
橋場　（優しく）……どうしたんだよ、林田？

――間。

林田　俺にも来たんだ。
橋場　え？
林田　……召集令状。

一同、「あ」という顔。

――間。

彦次郎　そうか……君たちの武運長久を、祈りますよ。

橋場と林田は互いに無言で見つめ合っている。

彦次郎一人が、ぎこちなく万歳を唱え始める。

――暗転。

その闇の中に空襲警報が鳴り響き、爆撃の音が聞こえてくる。


【夜】

窓の外に赤々と燃えている東京の町々。

灯下管制の闇の中から浮かび上がったのは、疲れはてている西田と武山、そして友田の三人。武山と西田は白衣姿だが、それは油や煤《すす》で汚れきっている。

友田　先生は……いまだに本気で、日本での原子爆弾製造が可能だと思ってらっしゃるんですか？
西田　ええ、もちろんです。
友田　先生も科学者ならば事実だけを見て下さい。武山さんが苦心して作ったウランの分離筒はＢ－29にやられて跡形も失くなっちまった。原料のウラニウム鉱石だって、これ以上は供給される見込みがない。それでも、出来るのですか？
武山　もうよせよ、友田。
西田　……与えられた状況がどうであれ、私はやるつもりだよ。実験室や装置がいくら粗末であっても、「成功」の二文字だけを思い描くのが実験者というものだからね。
友田　それはそうかも知れませんが、しかしですね。
西田　それにね、今度の戦争が終わってフタを開けてみた時に、我々の研究が、欧米諸国に後《おく》れを取っていただなんて言われたくないよ。
友田　……
西田　（声を励まして）たとえ戦争には負けてもだ、それだけは我々の矜持《きょうじ》としようじゃないか。

西田の姿、闇の中に消える。

友田　先生ッ。
武山　……友田。わかってやれよ。
友田　何をですか？
武山　いくら理論が出来てたって、原料も工業力もない今の日本では原子爆弾製造が無理なことくらい、先生だって百も承知さ。……ただな、この研究を続けてる限りは、俺たち兵隊に取られなくて済むんだよ。
友田　……
武山　つまり……そういうことなんだよ。オヤジが考えていることは。
友田　……
武山　一人でも多く生かしておきたいんだよ。研究室の奴らをさ。
友田　武山さん……

――と、闇を切り裂くように、再び空襲警報が鳴り出す。

武山　ちくしょう、また来やがった。（駆け出してゆく）

武山の姿も闇に消え、友田一人が取り残されて、やがて、その姿ものみ込まれるようにして……

——暗転。

——と、ひじょうに決定的な、巨大な爆発が起こる。

友田の表情が、激しい閃光《せんこう》によって一瞬浮かび上がって……また消える。※57

四場

昭和二十一年、夏。

蟬が鳴いている。

椅子やテーブルなどの調度品が消えてガランとした談話室に、すっかり焼け落ちてしまった屋根から無遠慮な陽光が差し込んで、『平和館』全体が、こ

れまでとは違った奇妙な明るさに満ちている。[※58]
友田、所在なげにブラブラしながら桐子と話している。
桐子の声は、富佐子の部屋の中から聞こえる。

友田　そうですか。大家さんは後楽園に。[※59]
桐子　ええ。今日の試合で慶應に勝てば東大は初めての優勝だもの、もう、家の用事も
　何もまるで手につかないんだもの。
友田　桐子さんは行かなかったんですか？
桐子　思い出しちゃうと……何だか少し辛いから。
友田　……橋場君と林田君のことですか。
桐子　……ええ。

――と、小森が母屋の方角から入って来る。

小森　本当だ。母屋の方は跡形もない。
友田　だろう？

小森　何だか奇妙ですね。

桐子　おかげでこっちの部屋は日当たりが良くなっちゃって。（湯呑みを持って出て来ると、流しの脇に置かれた七輪のヤカンから白湯《さゆ》を注いだりしながら以下の会話）

小森　けど、ご不自由やありませんか。

桐子　もっと苦労なさってる方はたくさんいますもの。住む部屋が残ってるだけありがたいことだわ。

友田　また富佐子さんが帰って来ちまったらどうします？

桐子　（笑って）その時は喧嘩しながら一緒に暮らすわ。

小森　ハハハ、そりゃ見ものやろうな。

桐子　でも……もう、戻っては来ないでしょう。

――短い間。

友田　……満州で亡くなったんですってね。

桐子　ソ連の軍隊にスパイ容疑で捕まってしまったんですって。早坂さんは何とか逃げ出せたそうですけど。恐らく、もう……

小森　そうやったんですか……

　　——短い間。

友田　やあ、二階も全滅ですね。※60
桐子　ええ、焼夷弾《しょういだん》にやられてしまって、屋根がないの。
友田　武山さんもずいぶん災難だったよなあ。
小森　まったくですね。
桐子　武山さんは？　お元気？
友田　ええ、元気そうでしたよ。
小森　理研の分室の方に住んどるんですってね。
友田　うん。後で顔を出して、久しぶりに三人で呑もう。
小森　ええ。そうしましょう。
桐子　どうぞ。お茶っ葉がないのでお白湯ですけど。
友田　ありがとう。
小森　ありがとうございます。

友田　そうか、呑もうにも酒がないか、このご時世じゃ。
小森　理研に行けば、合成酒の残りがあるんやないですか。
友田　そうだな。なけりゃ化学部の方から適当なアルコールを分けてもらって作りゃいいか。
小森　ええ。
桐子　そんな乱暴なことをして、目が見えなくなるわよ。
小森　なに、たいてい大丈夫でしょう。
桐子　大丈夫なもんですか。知りませんよ。
友田　あ、そうだ、化学《ばけがく》は桐子さんの専門だった。

——と、谷川が出て来る。

谷川　（無闇に明るい）何だァ、いやに懐かしい声がすると思ったらお前たちかよ。
小森　谷川さん。
友田　しばらくです。
谷川　酒を呑む相談なら俺もまぜろよ。

小森　ええ、呑みましょう。
谷川　烏森《からすもり》にな、ちょいとイケるカストリ出す店があるんだよ。
友田　へえ。
桐子　谷川さん、そんなお金があるんなら部屋代をお願いします。
谷川　俺の金で呑むわけじゃねえよ。
友田　え？
谷川　何キョトンとしてんだよ、金欠は真に正しき芸術家の避けがたき宿命だ。仕方ねえだろ。なァ？
小森　なァって、そりゃひどいなァ。
谷川　ハハハ、俺はこれから劇団の稽古に出なくちゃならんから、七時に新橋の駅で落ち合うとしよう。ああ、そうだ。たまには見に来い。（チラシを渡す）
友田　（読んで）自立座八月公演。谷川清彦作『下町の煙突野郎』？
谷川　科学は往々にして民衆の上に不幸をもたらすが、芸術はつねに民衆を幸福へといざなう。今度の戦争で、この国の奴らもそれが骨身にしみたろう。ハハハ。※61

――と、早坂が帰って来る。

谷川　おうおう、生ける屍《しかばね》のご帰還かよ。
早坂　うるさいわ。
谷川　ふん、まァ、丁だ半だとつまらん博打で貴重な人生を浪費するがいいや。（捨て台詞を残して出て行く）
早坂　※62……
小森　早坂さん。
友田　どうもご無沙汰してます。
早坂　……ああ。久しぶりやな。（桐子に）大勝ちしたさかい、来月の分まで払うといたろ。
桐子　……はい、確かに。（金を受け取る）
早坂　（ズシリとした布袋を差し出して）これも。
桐子　……
早坂　米や。
桐子　（受け取って）……ありがとうございます。
友田　あの、早坂さん。

早坂　うん？
友田　また聴かせて下さいよ、早坂さんのピアノ。
早坂　……ピアノはもう弾かん。（自室に引っ込む）

——短い間。

友田　……
桐子　……早坂さん、ここに帰って来てからは一度もピアノを弾いてないの。昨日もそれで谷川さんと大喧嘩。
小森　喧嘩？
桐子　谷川さんがカラんだの。戦争が終わって、ジャズでも何でも自由に弾ける世の中になったのに、なぜお前は弾こうとしないんだって。
友田　へえ……なぜなんでしょう？
桐子　わかりませんよ、私には[※63]。（米を持って部屋へ入る）

——短い間。

小森　みんな……戦争で、いろんなものを失《な》くしてまいましたからね。
友田　……うん。
小森　僕は……何とのうわかる気もしますよ。
友田　……うん。
小森　それはそうと……友田さんの「超多時間理論」素晴らしかったです。
友田　ああ、ありがとう。
小森　とうとうやりましたね。それに、文理大の友田ゼミもものすごい熱気やそうやありませんか。
友田　うん、応召していた学生たちもぼつぼつと還《かえ》って来てね。みんな、勉強に飢えとったらしくて、今だけはやたらに張りきってるよ。
小森　昔の西田研究室のようですね。
友田　（苦笑）もっとも、オヤジと違って先生は甚《はなは》だ頼りない。
小森　（笑って）そんなことありませんよ。

——と、桐子が一枚の葉書を持って出て来る。

桐子　読んでみて下さい。
友田　何です？
桐子　橋場さんから来た葉書。
小森　橋場君から？
友田　（受け取って、読む）
桐子　どんな行き違いがあったのか知らないけれど……先月の終わりになって、やっと
　ここに届いたんです。
小森　二年も経って……ですか？
桐子　ええ。
小森　不思議なこともあるもんですね。
友田　（静かに）……遺書だよ。
小森　え？　（受け取って、読む）

葉書を読んで、沈黙してしまう二人。

――間。

桐子　それで……友田さんたちに、一度、お尋ねしたいと思ってたんです。
友田　……はい。
小森　……何でしょう？
桐子　日本でも原子爆弾を作ろうとしていたというのは……本当でしょうか？

――短い間。

友田　……ええ、本当です。
桐子　その計画にあの人も……良介さんも、加わっていらっしゃったのでしょうか？
友田　そんなこと聞いて……どうするんです？
桐子　知りたいんです。あの人のしていたこと。良介さん、私には何も話してくれずに死んでしまいましたから。……あの夜、理研の西田先生とこの部屋でお会いになっていたのも、そのことだったのではないのかしら。もし、そうなら……
友田　もし、そうなら……どうなるんですか？
桐子　いえ、ただ知りたいだけなんです。けれど、もし、そうなら……広島や長崎でひどい目にあわれた大勢の方たちに、私は顔向けが出来ません。

友田・小森　……

桐子　……だって、私には原子爆弾を作ったアメリカ軍を憎むことができなくなってしまいますから。

——間。

小森　原子爆弾の研究をしておったのは事実です。ただ、理研で西田先生がやっておられたのは陸軍からの委託研究で、狩野少佐が関わっておられた海軍の原爆研究は、京都帝大荒勝研究室の方でやっておりました。実は、僕も、そちらでウランの臨界量の計算を担当しておりました。

——短い間。

桐子　……そうだったの。

小森　ええ。……もっとも、それは、とうてい今度の戦争に間に合うようなものやなかったです。理研で武山さんが作った分離筒をフル回転させても、臨界量のウランを作り出すまでに五十年はかかるというのが、我々の計算でしたから。だから……広島に原子爆弾が落ちた時には、正直、驚きました。心底負けたと感じました。……でも、片方では、そのニュースに興奮もしとったんです。人類がついに原子核エネルギーを解放したというその事実に、興奮せずにはおられなんだ自分というのもおったわけです。……これは、罪深いことだと今は思ってます。しかし、だからといって、この先、物理をやめてしまおうとは考えられんのです。

桐子　……

小森　……これが友田さんの言っていた「道を過《あやま》る」ということなんでしょうかね。

——間。

友田　……僕たちが手に入れた知識は、もう二度と失くすことの出来ない知識だよ。たとえ、それが罪だと知ってもね。

小森　……

桐子　罪？　……そんな簡単な言葉で済ませてしまえるものなんですか。※64

友田　僕は一個の物理学者として、桐子さんと同じ立場には立てません。西田先生ではなく、たとえこの僕が爆弾製造の指揮を執《と》っていたとしても、僕は恐らく広島や長崎の人たちに顔向けできないということはありません。

桐子　……

友田　人間の大脳皮質が発達を続ける限り、自然法則の探究を止めることは不可能だからです。……広島のニュースを聞いた時、僕が一番最初に感じたのは、小森君とまったく同じ興奮です。同時に、これから始まる世界の原子力時代に、我々日本の物理学者が後れを取ったことを悲しく考えてさえいました。その爆発の下で死んだ何万人もの同胞の命に真っ先には思いが至らなかったことに、あとで気づいて慄然《りつぜん》としたくらいです。

桐子　……

友田　けれど、桐子さんの言葉は、まっとうな人間の言葉だと思います。それこそが、まっとうな人間の口から出る、ごく当たり前の言葉なんだということだけは、肝に銘じておきます。そうでなければ……

——間。

小森　……友田さん？
友田　……そうでなければ、きっと……誰が橋場君や林田君を殺したのか、わからないようになってしまう。

　　——間。
　　——と、表から「ニ、ニ、ニシダ、ニシダノオヤジ……」という歌声が聞こえ、ほろ酔い加減で大きな荷物を抱えた武山が入って来る。

小森　武山さんッ。
武山　あれッ？　何やってんだ、お前たち、こんな所で。
小森　いや、久しぶりに東京に出て来たもんだから、ちょっとご挨拶に。ちょうど今から武山さんの所へも顔を出そうって話してたところだったんですよ。
武山　何だ、そうだったのか。
友田　ええ。
武山　しかし、時すでに遅しだ。

小森　え？
武山　ハハハ、理化学研究所な、失くなっちまったよ。[※65]
一同　ええーッ？
友田　な、失くなったって……どういうことですか？
武山　ＧＨＱからお達しがあってな、理研は集中排除法に触れるから解体せよってことになったんだよ。
小森　集中排除法？
武山　まァ、研究所も理研コンツェルンの一角だからな、財閥解体の対象にされちまったってことらしい。
小森　そんな。
武山　それに原子力研究なんぞやってて何かと物騒なんだろ、アメリカさんにとっちゃ。去年、俺たちの可愛いサイクロトロンぶッ壊しただけじゃ気がすまなかったってことだよ、チクショウめッ。
一同　……
武山　で、分室のネグラも追ん出されてきたわけよ。仕方ねえから谷川か早坂の部屋にでも居候《いそうろう》させてもらおうと思ってさ。いいよね？　桐子さん。

桐子　ええ、それはまあ。
武山　どっちにするべか？　……あ、谷川の部屋にしよう。早坂んとこはピアノが邪魔だからな。おい、いるか？　（と、谷川の部屋の扉を開けて）あ、いねえから、ちょうどいいや。ヨイショッと。（と、勝手に荷物を放り込む）
友田　西田先生は？
武山　うん、オヤジは理研の代表に立って、今頃ＧＨＱに嚙みついてるよ。
友田　大丈夫なんですか？
武山　（あっさりと）駄目なんじゃない？
小森　そんな。
武山　何とか研究所だけは残したいって話だったけど、どのみち産業団から切り離されちまえば財源がないんだから。……もう、どうしようもないよ。
一同　……
武山　そんな辛気くさい顔すんなッ。おい、これを見ろッ。（ごそごそと荷物の中から数本の酒瓶を取り出す）
小森　理研ウィスキーですね。
武山　形見分けにと、ありったけブン取って来てやったからな。さァ、今から大いに呑み、かつ歌うぞ。
桐子　歌はやめて下さい。
武山　カタいこと言いっこなしよ。よし、各自茶碗を持って谷川の部屋に集合ッ。（谷川の部屋に引っ込む）どうした、小森？　早く来いッ。
小森　（仕方なく）はい。……行きましょう、友田さん。
友田　……
小森　呑みましょう。……仕方ないやないですか。
友田　うん。

小森、谷川の部屋に入る。
「よし、グッといけ」「いただきますッ」といった声。
だが、友田、動かない。

小森　（顔を出して）友田さん？
武山　（声のみ）何やってんだ、友田、早く来いッ。
桐子　……呑んでらしたら？　（茶碗をわたす）

友田　……

友田、橋場の葉書を持って、早坂の部屋の前に立つ。

友田　早坂さん、『別れの曲』いうの弾いて下さい。

応答はない。

友田　お願いします。弾いてやって下さい。僕のためやのうて、橋場君のために。

応答はない。

友田　橋場君の遺書です。早坂さんも読まはったかも知れんけど、もう一遍読みます。
「……拝啓。ゴ無沙汰イタシマシタ。平和館ノミナサンモオ変ワリナクオ元気デシヤウカ。ドウヤラコレガ、私ガ書ク最後ノ葉書トナリサウデス。今朝、中隊長殿ヨリオ話ガアリ、間モ無ク一発デ大都市ヲ吹キ飛バス程ノ新型爆弾ガ完成スルトノコト。コレガ出来レバ、ワガ軍モ九回裏ノ大逆転デ、コノ戦《いくさ》モ必ズヤ日本ノ大勝利デ終ワルデアラウトノ由《よし》。非常ニ頼モシク、マタ大イニ安堵イタシマシタ。コトニソノ新型爆弾ガ本郷ノ理化学研究所ニテ製作サレツツアリト聞クニ及ンデ、武山サンヤ友田サンタチノ顔モ懐カシク思ヒ浮カビ、自分一人、密カニ大キナ誇リヲ感ジマシタ。コチラハ数日後ニハ敵ノ上陸ガ始マリサウナ情勢デ、オソラク私ガ散華《さんげ》スルノモ時間ノ問題ト思ハレマスガ、コウナツタラ少シデモ長ク悪アガキヲシテ、セメテ理研ノミナサンガ爆弾ヲ完成サセル時間ヲカセイデヤラウト一人デ張リキツテオリマス。私ニトツテハ平和館ノミナサントキヤツチボールニ興ジタアノ日々ガ、人生ノ最良ノ思ヒ出デシタ。ミナサンダケハ、ダウゾ、イツマデモオ健ヤカニ。ソレノミヲ強クオ祈リシテオリマス。昭和十九年九月十三日パラオ群島ペリリュー島守備隊基地ニテ。橋場大吉」……聞こえるはずはないけど、橋場君のために、せめて一曲だけ……お願いします。

友田、持っていた茶碗を早坂の部屋の前に置くと、いつかの富佐子を真似てその中に数枚の紙幣を詰め込む。

小森、武山、桐子もそれを見ている。

――長い間。
――と、ショパンの『別れの曲』が聞こえ始める。
だが、そのメロディーはどこかがおかしい。※66
――と、曲が途中で止んで……早坂が顔を出す。

早坂　……あかん。弦が切れとるわ。
一同　……
早坂　中音部のGシャープの音出えへんかったら、話にならへん。（笑い出して）橋場のガキゃ、ほんま、最後の最後まで不細工なやつやで。

――間。
一同、泣きたいような笑いたいような……

武山　……早坂君も呑むか？
早坂　当たり前や。呑まなやっとられるかい。（茶碗を取ると、中の金を友田に返して、谷川の部屋に合流する）

友田、ポツンと取り残されたように立っている。

小森　……友田さん。
友田　うん。（笑う）……呑もうか。
小森　ええ。（笑う）
友田　桐子さんもどうですか？
桐子　お酒呑む人、嫌いなんです。

友田、苦笑しつつ谷川の部屋へ。
桐子、自分の部屋へ戻る。
やがて、谷川の部屋からにぎやかな宴会の声、しばし……

武山の声　よおし、小森、歌いけ、歌ッ。
小森の声　俺がですかァ？
武山の声　当たり前だよ、お前が作った歌なんだから。

小森の声　えぇー？

友田の声　いいぞ、いけいけェーい。

小森の声　(仕方なく歌い出す)「ニ、ニ、ニシダ、ニシダノオヤジ……」

友田と武山も唱和してゆく。

――と、玄関から尾羽うち枯らした格好の富佐子が、鞄をさげてゆっくりと入って来て、あたりを見回す。

初めは元気だった友田たちの歌声、次第に小さくなってゆき……

友田の声　……あれ、武山さん、泣いてるんですか？

小森の声　武山さん、元気出して……

武山の声　(泣いている)※67

富佐子、ボロボロになった古い名札を取り出すと、入り口に掛け、かつての自室に入る。

――と、しばし、しんとした間があって……やがて、桐子の悲鳴のような声が聞こえる。

桐子の声　……富佐子さんッ？　（叫ぶようにして泣き始める）

——と、その声に驚いて顔を出す友田たち。

ビックリして富佐子の部屋を見つめるうちに、

——幕。

演出ノート（第二幕）

※35：**「悉く書を信ずるは、書無きに如かず」**　『平和館』の朝永博士の部屋に掛けられていたという掛け軸の文句。その言葉通りにその部屋にはほとんど本がなかったそうです。

※36：**別にそねんでるわけやありませんよ。人間が神様を羨んでも仕方ないですからな。**　この台詞はさっぱりとした感じで。小森の人格はこの台詞が爽《さわ》やかに聞こえるかどうかで決まってしまうといってもいい。

※37：**ドイツ帰りでバリッとした出で立ちの友田が入って来る。**　ここから以後は、友田の話す言葉から訛《なま》りがほぼ完璧に消えている。この場では以前とは見違えるほど明るく社交的になったという印象を強く与えたい。強く、ということはどこかに無理な感じがあるということでもあり、つまりはツッパッているのであるが。

※38：**そりゃ、谷川さんらしいや。**　明るく社交的になった友田だが、そこにごく微量の傲岸さを混入したい。無邪気さに裏打ちされた無神経さ。ただし、決してこれ見よがしな演技には

ならないように。実に難しいところである。

※39：**素晴らしい自信だわ。** この台詞も決して皮肉な調子が勝ち過ぎないように。

※40：**けれど、これはそういう話じゃないんです。（中略）つまり、その……** 友田自身、ひじょうに伝えにくい感覚上の話だと思っている。しかし何とかしてその体験をかつての同僚に伝えたいと誠実にもがいている感じが伝わりたい。自分の中で一語一語言葉を発見し選びつつ喋《しゃべ》るというイメージをきちんと持つこと。憑《つ》かれたような性急さが必要だが、決して「立て板に水」というふうにはならないように。

※41：**一昨年、僕がドイツにいた頃、オットー・ハーンによる人類初の原子核分裂発見のニュースを聞きました。** 理化学研究所および物理学に関係した台詞の多くは、宮田親平氏の著作『科学者たちの自由な楽園・栄光の理化学研究所』（文藝春秋刊）を参考にした。

※42：**誰だい、ホープなんて吸ってる気障な奴は？** 現在のものとは違う。JTに電話して、台詞のニュアンスに似合いそうな当時のちょっとした高級煙草は何ですかと聞いたら「ホープ」だと教えてくれたのです（後日談。初演から二年後のパルコ劇場の再演では、理化学研究所の関係者の方々や実際に朝永博士にゆかりのあった方々に観ていただけたのだが、その方々が終演後に「朝永先生の煙草といえばゴールデン・バットでした」と口々におっしゃる。どうも有名な話らしい。しかし、まァここは目を瞑っていただきたい。芝居にも都合という

ものがございます）。

※43：**昔取ったキネヅカでね、（中略）ふた月ほどおいてもらいますんで、よろしく。**　この台詞は踊りながらやってもらった。かなりバカバカしかった。

※44：**春一番てやつだろう。**　SEの風音だけではなく、客席両側の木立ちをピアノ線で揺らし、ところどころで舞台裏の建具をガタガタ震わせてもらうと（音響スタッフのアイデア）、不思議なほど臨場感があった。舞台裏は涙ぐましいほどの手作り感覚だが、こういうことがけっこう好きなのである。

※45：**通夜酒で少々微醺を帯びている。**　谷川役の俳優（劇団青年座所属）は一幕の二場での登場時に、酒に酔っている役作りのために自ら出番の前にトイレで胸板をパンパン叩いて赤くし、舞台袖で息をつめて顔も真赤にしてから出ていた。「さすが新劇の俳優は違う、アッパレである」と周囲から絶賛されていた。この場面でも私の知らないうちに自ら靴下に穴をあけて出ていた。新劇魂とはこれか。アッパレである。

※46：**……なぜ？**　実際に上演すれば、この辺りの台詞は百発百中で笑いが取れるのだが、こういう箇所こそ芝居が卑しくならないように気をつけたいところである。要はこの「……なぜ？」をきちんと心の底からの疑問として真剣に発せられるかどうかということである。

※47：**爆弾という形であれ原子炉という形であれ、（中略）野望なんだということは知っておい**

て下さい。 言葉を慎重に選びながら話す感じで。「野望」という言葉を選択し、それを実際に口にする科学者西田の苦渋が表われたいところ。

※48：**……先程は失礼しました。** 以下のたった四つの短い台詞が、この芝居の中の唯一のラブ・シーンである。美しく、せつなくやりたいものです。

※49：**優しい音楽。** アコースティック・ギターの優しい曲を前場の最後の台詞の後からカット・イン。暗転を挟んでそのままこの場のBGMとして使用した。この一連の場は、まるで映画を観ているような、甘くせつなく、一種「走馬灯」のような効果を狙った。もちろん映像ではなく生身の人間が演じるわけだからそのイメージ通りに進行させるのはけっこう大変であり、衣装替え等も含めてほとんど曲芸のノリである。

※50：**朝の光。** 照明は完璧にリアルなものとしては追いかけず、どこか幻想的なニュアンスがあるものとした。

※51：**すると例えば、（中略）そういうふうに理屈でもってくわけや。** 友田の動きに合わなければ短くカットしてもよい。初演では「一つの点を……」以下の台詞はカットしてしまった。

※52：**新聞を読みながら富佐子が出て来る。** それぞれの登場人物が「ほとんど優雅というべきほどに軽《かろ》やかにすれ違う」というのが最大のポイント。ト書きが多いので読むとうるさく感じられるが、実際の上演タイムではここまでで一分四十秒ほどである。

※53：**ああ、それいいね。じゃ、友田さんを囲んでね。**　長椅子に座って記念写真を撮るために、全員で手分けしてその他の椅子やテーブルなどを片づける。実は舞台から引っ込めやすい場所へと移動しておいて、この後の最終場への転換をスムーズにさせようという作戦でもあった。

※54：**出来上がったのは何とも間抜けな写真。**　全員声アリで富佐子にツッコミを入れ、シャッター音で今度は（撮影者の）林田に「おいッ」という二段ツッコミを入れたところでストップ・モーションとした。その方がタイミングが取りやすくて止まった姿が可笑しかった。全員が止まった瞬間に照明はセピア調のエリ・スポットにカット・チェンジ。「写真に封じ込められた」というイメージである。音楽もそのきっかけで乗りかえ、そのままゆっくり暗転へ。暗転中に音楽に乗せて大本営発表の開戦を告げるニュース音声。

※55：**神妙な顔をした兵隊姿の橋場を囲んで、彦次郎、桐子、狩野、武山がいる。**　再び同じセピア調のスポットから明りを入れる。「同じ場所で同じポーズで撮った写真」というイメージなのである。もちろん全員暗転前とは衣装が変わっている。この瞬間に数年の時があっという間に過ぎ去ったような錯覚を観客に感じさせたかった。ここで衣装スタッフ（三大寺志保美）の活躍について触れないわけにはゆかない。この場の四つの景はそれぞれが時代も季節も違うわけであるから、当然衣装の早替えをしなくてはならない。当初いくら何でもすべ

ての衣装替えは不可能であると思ったが、少なくともこの景への橋場（学生服姿から兵隊姿へ）の早替えだけは何とかしてくれないかと彼女に相談した。すると彼女はこともなげに「そんなの全景全員替えるに決まってるじゃん」と答えたのである。そしてどのような魔法を使ったのか詳しくは知らないが、たしかに彼女はそれを成し遂げてしまった。この景では橋場は見事に出征兵士に変身し、彦次郎はまったく別の着物に着替え、桐子にいたっては着物姿から一変して洋装になっていた。それもたったの二十五秒の暗転中にである。ちょっとした奇跡に思えたものである。

※56：**これから死地に赴かんとする皇軍兵士に向かって何ということを言うかッ。**　この台詞は橋場を思う人間としての優しさから出たものである。断じて軍国主義の権化というイメージではない。

※57：**友田の表情が、激しい閃光によって一瞬浮かび上がって……また消える。**　強烈な明るさで一瞬舞台をホワイト・アウトさせたい。

※58：**すっかり焼け落ちてしまった屋根から（中略）奇妙な明るさに満ちている。**　実際に屋台崩しをやるような大仕掛けは（予算的にも劇場機構的にも）無理だったので、セットはそのままで屋根だけがなくなったという設定（セットには元々屋根はなかった）にしたのである。二階の四部屋はいずれも引き扉をすべて取り払ってしまい、部屋中の調度類もすべて空っぽ

に。ここも二十秒足らずの暗転中にすべてを行なうため、かなりの大ワザだった。照明は出来るだけあっけらかんと明るく。何しろ屋外になって夏の直射日光が容赦なく照りつけているわけだから、それまでとはガラリと印象を変えたい。初演ではパーライト八十発をふくむ計百発のナマ明りをフル点灯して、実際にかなりの暑さとなった。床板が乾燥してピシリピシリと音をたてて割れ、舞台のハレーションで客席まで客電をつけたかと思うほどに明るくなったくらいである。とにかくそれぐらいの異常な明るさの中でこの最終場はやりたかった。

※59：**そうですか。大家さんは後楽園に。**　SEで無遠慮な屋外の雑踏音なども。したがってこの台詞もやや声を張り上げ気味に入りたい。

※60：**やあ、二階も全滅ですね。**　小森の「本当だ。母屋の方は跡形もない」もそうだが、こう いう台詞には奇妙な明るさがある。笑うしか仕方がないといった感じの。

※61：**今度の戦争で、この国の奴らもそれが骨身にしみたろう。ハハハ。**　谷川はこれまでの人格がウソであったのかと思うほど、もうバカのように陽気に演じて欲しい。いささかの陰りも見せてはいけない。谷川の稽古している芝居も間違っても素晴らしい作品だと思われてはいけない。どうせ死ぬほどつまらないに決まっているのだ。そして、それこそが「平和」ということの意味である。少なくともこの芝居では、「平和」という言葉の意味を、過大評価も過少評価もすべきではないと私は考えている。（ちなみに『下町の煙突野郎』という題名

だけはかなりイカシテルと思っている。そんなチラシを見たら、私ならきっと観にゆく)
※62：……　初演では「もう帰ってくんなボケ」と早坂も応えていた。早坂は元来無愛想なキャラクターであり、必要以上に明るくも暗くもすることはない。彼の内部の屈託は外には見えにくい方が良い。その方が早坂のラストの台詞が生きる。
※63：**わかりませんよ、私には。**　わずかに怒ったような調子がある。桐子の生活にもいろいろな屈託や辛さがあることを感じさせたい。ただし、やりすぎてはいけない。
※64：……**そんな簡単な言葉で済ませてしまえるものなんですか。**　桐子は絶対に「正義の代弁者」になってはいけない。決して詰問調にならないように細心の注意を払って欲しい。
※65：**ハハハ、理化学研究所な、失くなっちまったよ。**　武山、ヤケクソ気味にとことん明るく。陳腐かも知れないが、悲しければ悲しいほど明るく。力ワザでＯＫ。こういうのは演劇の秘密である。
※66：**だが、そのメロディーはどこかがおかしい。**　この曲はホ長調であるが、川崎さんにいろいろ音を抜いて試し弾きしてもらった結果、長三度のＧシャープを抜くのがいちばん「台無し感」があった。
※67：**(泣いている)**　実際には泣き声を聞かせず、間をおいて友田の声がポツリと「武山さん」、早坂の声が優しく「おい」などと言う。その方が武山の無念の涙が伝わってくるような気が

した。

〈執筆にあたっては〉『科学者たちの自由な楽園—栄光の理化学研究所』（宮田親平著）『朝永振一郎著作集6　開かれた研究所と指導者たち』『どん底』（中村白葉訳）を参考、引用いたしました。

あとがき

『東京原子核クラブ』は私自身、格別に思い入れの深い芝居である。何よりも作っていてひじょうに楽しかったからだ。

これは本当に私の好きな俳優とスタッフだけに集まってもらって、好きなように作った芝居だった。劇団公演でもないのにそのようなことが出来たのは、ほとんど奇跡に近いことだと思う。

これは東京都が作ったいわゆるハコモノ（劇場・ホール）として悪名の高い東京国際フォーラムの開館記念事業（一九九七年一月）の一つだったのだが、演劇公演として本命視されていたのは同館のホールCで行なわれた細川俊之さんと竹下景子さんの『カナリア』（斎藤憐・作／木村光一・演出）の方だった。小規模なホールDで公演する私たちはその陰に隠れた格好で、あまり制約を受けずにすんだ。唯一主催者側から注文されたのは「とにかく東京に関係した芝居を作ってください」ということぐらいだった。

だからそもそもこの戯曲は、私たちの、いわば「遊び」の設計図のようなものなのだ。あまり「世に問う」というような、それほど肩に力の入ったものではなかったのである。

それが思いもかけず「読売文学賞」（第49回読売文学賞　戯曲・シナリオ部門）という大きな賞をいただき、さらにこうして出版までしてもらえることとなり、そのあまりの好運さに自分では少々驚いている。

東京都をふくめ、この芝居を作るチャンスを私に与えてくれたすべての人々と、現場で私と一緒にこの芝居を作った俳優諸君、およびスタッフ諸氏、また出版・再出版にあたってお世話になった小学館・早川書房の方々にも深く感謝したい。

どうもありがとうございました。

平成二〇年五月二〇日　マキノノゾミ

大好きな台本

（演出家）宮田慶子

「東京原子核クラブ」は、一九九七年一月に東京国際フォーラムの柿落《こけら》とし公演のひとつとして幕をあけた。私は、この時の公演を三回観ている。ひとつの舞台に三回も足を運んだのは、後にも先にも、この時だけだ。ほとんど「一目惚れ」状態だった。そして、その「一目惚れ」は「片想い」のまま私の中で発酵を続け、ついに「私にやらせて!!」というラブコールとなり、晴れて俳優座劇場プロデュース公演として'06年に幕をあけ、そして今年（'08年）夏、再々演から全国巡演の旅へと出発する。

それほど好きで何度も観た作品を「演出したい」と申し出るなど、我ながら随分なことをしたと思っている。「別の演出方法を……」などという不遜な狙いがあった訳ではない。とにかくひたすら、この作品への憧れの想いが、そんな大それた申し出をさせたのだと思っている。

マキノ氏の作品は、どれもとにかく「好き」である。みごとにこちらの心の琴線を弾《はじ》いてくれる、その快感がたまらない。それは「同世代」だからなのか、たまたま個人的な「価値観・センスが似ている」からなのか、それとも同時期に演劇界にデビューした「戦友のような同志感」のせいなのか……。とにかく、毎度毎度、どの作品からも「共感」を超えて、「人間、かくありなん」というような、『生きてゆく勇気』みたいなものまで、いつも私はもらっている気がする。

「東京原子核クラブ」はその中でも、とびっきり私のハートをぐらりと揺らしてくれた。この作品の好きなところはたくさんある。稽古を含め、数え切れないほどの回数を、台本の隅から隅まで目を通しているにもかかわらず、今だに思わず胸がつまり、目に涙が湧き上がったりする。

まずは幕あき、第一幕一場冒頭のト書き（P17〜18）が、私は大好きだ。

昭和七年七月、ある日の午前十時を過ぎた頃。本郷にある下宿屋『平和館』に流れるドビュッシーのピアノ曲……。もはやそれだけで、戦前の東京の、静かで心豊かで、どこか清潔な空気が伝わってくる。そしてそこに現れる、傷心のうちに故郷に帰ろうと旅行鞄をさげた友田晋一郎は、青春の挫折感を甘美に抱きしめているらしい、やっかいな自意識を匂わせる。そこへ、そんな自意識などまるで解さぬかのように、野球学生の橋場が屈託なくおじぎをして出ていく。悩むことのない橋場の姿は、控えめでありながら、明らかに友田の脆弱な自意識を超えた、まぶしい健康さをもって輝いている。そして又、更に追い討ちをかけるように現われるのが、ピアノを弾いていた、ステテコ姿の早坂である。――美しいドビュッシーを弾いていたのが、実はステテコ姿の早坂――という「台無し感」と同時に、「ステテコ姿でも美しいドビュッシーを弾く」というある種の豊かさと、ひいては、西洋文明を貪欲に取り入れる日本人のタフさや、洒落っ気までも感じさせるが、しかしながら「それにしてもステテコはどうよ」という混沌に、友田は鉢合わせする……。

……とここまでが、幕あきのト書きを読み解いてみた一部始終である。

たった数行のト書きの中に、実はこれだけ凝縮されたマキノ氏のたくらみがつめ込まれているのだ。ここまで書かれていたのでは、役者も演出家もうかうかと幕も上げられない。いきなり針穴を通すような緻密さと緊張感とで、このゆるやかな、豊かな空間を舞台上に作り出さなければならない。

大好きな箇所はまだまだたくさんある。

一幕二場の友田と小森の研究話（P43〜45）も、思わずニンマリとさせられる。

この芝居の核心にふれる一言がいよいよ登場し、「……原子核か。」と感慨深く語ったあとに、いきなり「ライスカレーだな。」に移行する。原子核とライスカレーが同一線上にあるのが、実に愉快である。勿論それは、同一線上になどあり得ないものだからこそ通用する、おかしさのセンスである。そして又、このテーマの重さを充分踏まえているからこその、面白さである。


一幕三場の幕切れ近く、友田が「僕は……どうしたらええんや。」と泣き出しそうになるのを堪えるところ（P95）も大好きだ。非はむこうにあったにせよ、憧れの、神様のような西田博士に土下座されたら、友田の頭の中は大混乱を起こすに違いない。困惑と感動とで、まさしく自分の身の置きどころがわからなくなるだろう。真摯に謙虚に「科学」に向かい合っているからこその、師を心から敬う友田の気持ちが実にいとおしい。

そしてやはり、何といっても最大の魅力は、この芝居の核心というべき、原子物理研究と原子爆弾の開発の関係をめぐる場面であろう。世界で唯一の被爆国である日本において、あの戦時下、欧米と先を争って原爆製造に突き進んでいたという事実――。

「……爆弾という形であれ原子炉という形であれ、とにかく核内エネルギーを自らの手で解放させてみたいというのが、世界中全ての原子核物理学者が抱いている野望なんだということは知っておいて下さい。」(P187)

第二幕二場で、理化学研究所の西田博士と海軍士官・狩野良介との対話のシーン(P183~188)は、科学者の本質にいさぎよく言及して見事であり、そしてこの数年後、現実には被爆国となってしまった事実の重さを痛いほど理解している私達は、その緊迫した中に、新たな現実を掘り返されたリアリティを、重い衝撃として受けとめざるを得ない。

そしていよいよ最終景の四場――。

昭和二十一年、夏。半壊してしまった平和館に戻ってきた友田が語る一言は、まさにこの「東京原子核クラブ」の核であると同時に、歯をくいしばってでも科学者として歩み続けようとする友田の決意表明でもある。

「人間の大脳皮質が発達を続ける限り、自然法則の探究を止めることは不可能だからです。」（P220）

原爆開発の責任の重さと、科学者としての自負と、人間としての倫理の間で、決然と言い放つ友田の精神は、おそらく、ひとり、極点に立っているのだろう……。

この、もっとも重い場面を、実際の舞台上に作り出している時ほど、演劇の力を感じる時は他にない。何故なら、この一言は、重い決意表明でありながら、その意味だけを際立たせるような、暗い、無機質な中で語られる訳ではない。

つまり、このセリフは、空襲で焼け落ちてしまった屋根から真夏の太陽光がふり注ぎ、蟬が鳴き、大家の彦次郎は野球観戦に出かけ、生き延びた面々が再び相も変わらぬのどかでたくましい生活を始め……という中で語られるのだ。

観念に閉じこもることなく、一元化することの貧しさに陥ることなく、なんてことない日常の中に、この核心的な一言が発せられることこそ、演劇の、舞台の、醍醐味である。

「演劇のための大脳皮質をしっかり使わなくっちゃ……！」

――と、「東京原子核クラブ」から、やはり私は、『生きてゆく勇気』をもらうのである。

初演記録

「東京原子核クラブ」

一九九七年一月十一日〜二十三日　東京国際フォーラム　ホールD

作・演出＝マキノノゾミ、美術＝奥村泰彦、照明＝大川貴啓、衣裳＝三大寺志保美、音楽＝川崎晴美、音響効果＝堂岡俊弘、舞台監督＝菅野将機・菅野郁也、舞台監督助手＝花村聖子、制作＝小川友記子・渡辺順子

出演＝有馬自由（友田晋一郎）、木下政治（橋場大吉）、三上市朗（早坂一平）、南谷朝子（大久保桐子）、キムラ緑子（箕面富佐子）、久松信美（武山真先）、酒井高陽（大久保彦次郎）、大家仁志（谷川清彦）、小市慢太郎（小森敬文）、茅野イサム（狩野良介）、杉山良一（西田義雄）、奥田達士（林田清太郎）

早川書房は本作の出版権を保持するものであり、本作の著作権（上演権・映像化権などを含む）はオフィス・マキノに帰属します。

本書収録作品の無断上演を禁じます。上演ご希望の場合は、「団体名」「団体のプロフィールまたはホームページアドレス」「演出家名」「劇場名」「公演日程と回数」「劇場キャパシティ」「チケット料金」「団体責任者名および申請担当者名とそれぞれのご連絡先（郵便番号・住所・日中連絡可能な電話番号）」を記載のうえ、左記までお問い合わせください。

〒150‐0002
東京都渋谷区渋谷1‐3‐18　ビラモデルナA‐203
有限会社オフィス・マキノ
Eメール　actors@clioneinc.com
FAX　03‐3400‐8383

本書は、一九九九年六月に小学館より刊行された『マキノノゾミ戯曲集「東京原子核クラブ」「フユヒコ」』所収の「東京原子核クラブ」を文庫化したものです。

本書では作品の性質、時代背景を考慮し、現在では使われていない表現を使用している箇所があります。ご了承ください。

ニール・サイモンI

おかしな二人

The Odd Couple

酒井洋子訳・解説

今日もまた、オスカーの散らかし放題の家にポーカー仲間が集まった。そこへ仲間の一人フィリックスが妻に逃げられたとしょげて現われた。自殺騒ぎの末、やもめ暮らしのオスカー宅で同居することに。以来、掃除に料理と重宝この上ない。が、次第にフィリックスの潔癖症の一挙手一投足が気に障りだし……。ブロードウェイの喜劇王が放つ、軽妙なユーモア満載の傑作戯曲。

ニール・サイモンII

サンシャイン・ボーイズ

The Sunshine Boys

酒井洋子訳・解説

人気コメディアンだったウィリーも今はわびしい一人暮らし。マネージャーの甥が珍しく仕事をつかんできた。だがそれは往年の名コンビぶりを見せるもの。あの憎たらしい相方アルとの共演が必須条件。渋々稽古に入るが、目は合わせない、言葉じりをとらえ対立する、二人の意地の張り合いはエスカレート。人生の黄昏時を迎えた男たちの姿を、ユーモアと哀感をこめて描く。

坂手洋二 I

屋根裏／みみず

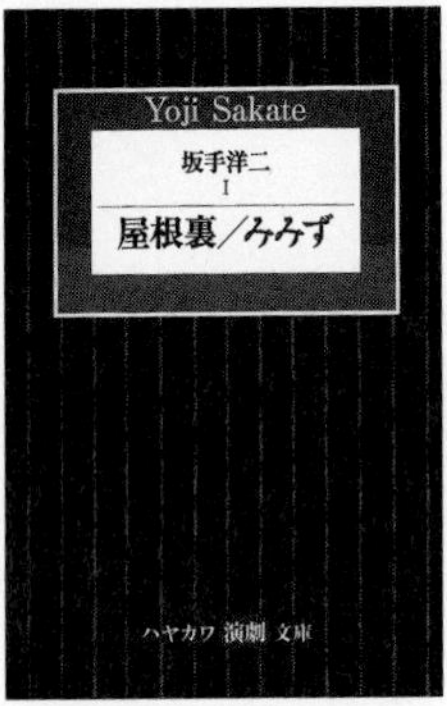

解説：ロジャー・パルバース

狭く閉ざされた「屋根裏キット」を使い人人は危険な現実から身を守る。不登校やひきこもりの子供、張り込みの刑事、新撰組の動きを探る素浪人。山では避難小屋、戦場では防空壕に。だが自殺や監禁を引き起こすとして屋根裏は発売禁止に……世界一小さな舞台空間を変幻自在に発展させ、毒と笑いを盛込み人間の孤独を鋭く映し取る読売文学賞受賞の傑作「屋根裏」他一篇。

福田善之Ⅰ

真田風雲録

解説：北村 薫

時は慶長19年、大坂の陣が始まった。劣勢の豊臣のもとに馳せ参じた浪人衆の中でも際立っていたのが、知将・真田幸村。手勢は若さと個性に溢れる十勇士。人心を読む猿飛佐助、実は女性の霧隠才蔵など、みな熱い思いを胸に、互いに絆を育んでいた。幸村の知略も冴え渡り、徳川勢を撃退せんといざ出陣！　舞台、映画、ドラマとして愛されてきた勢いはじける傑作青春群像劇。

マキノノゾミ
I
東京原子核《とうきょうげんしかく》クラブ

〈演劇16〉

二〇〇八年七月 二十 日 印刷
二〇〇八年七月二十五日 発行
（定価はカバーに表示してあります）

著者 マキノノゾミ
発行者 早川 浩
印刷者 西村正彦
発行所 株式会社 早川書房
郵便番号 一〇一-〇〇四六
東京都千代田区神田多町二ノ二
電話 〇三-三二五二-三一一一（大代表）
振替 〇〇一六〇-三-四七七九九
http://www.hayakawa-online.co.jp

乱丁・落丁本は小社制作部宛お送り下さい。
送料小社負担にてお取りかえいたします。

印刷・精文堂印刷株式会社 製本・株式会社明光社

ISBN978-4-15-140016-2 C0193